*365*日入門シリーズ⑪

平成の一句

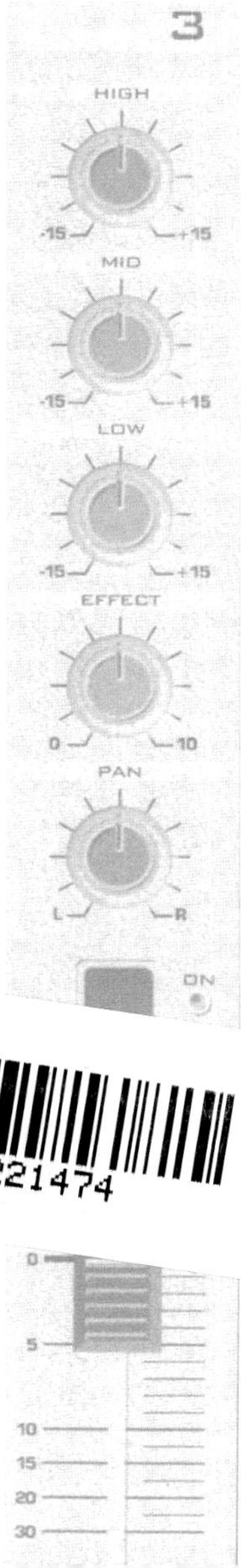

田島健一

hi tajima

ふらんす堂

平成の一句＊目次

平成の一句

凡　例

○本書は、二〇二二年一月一日から十二月三十一日にわたり、ふらんす堂のホームページに連載された「平成の一句」を一冊にまとめたものです。
○本文の終わりに出典、太字で季語と季節を示してあります。
○常用漢字は新漢字を用いました（たとえば蛍・滝・仏など）。ただし一部人名などこの限りではありません。
○巻末に季語・俳句作者名の索引を付しました。

一月

1日

元旦やまつさらの空賜ひたる

桂 信子

年が明けた元日の朝。旧年がリセットされ、何ひとつ穢れのない「まつさら」な青空が広がっている。掲句は俳句総合誌の平成十七年一月号に発表された。作者はその前年十二月十六日に九十歳で没している。つまりこの空は、作者がこれまで見てきた、そしていつか見たいと希った空だ。そう思うと、この元旦の空は、果てしなく明るく完璧な空に感じられてくる。（角川「俳句」平成十七年一月号）季語＝元朝（新年）

2日

初夢のいきなり太き蝶の腹

宇佐美魚目

初夢は正月二日の夜に見る夢を言うことが多いらしい。その夢に「蝶の腹」がふとぶとと現れた。これは吉夢か、それとも凶夢か。フロイトによれば、夢は無意識の欲望の表れだと言う。ならば、この「太き蝶の腹」の夢は、自身の内に深く隠された欲望となんの前触れもなく出会ってしまう、という驚くべき経験だろう。新年早々、めでたくも刺激的な一句である。（『草心』一九八九年四月刊行）季語＝初夢（新年）

3日

礼者来る光溜りの入江沿ひ　鍵和田秞子

礼者は年頭の祝詞を述べに来る客のこと。年が明け、新年の挨拶に訪問者がやって来る。その道の途中に広がる入江の海面が、新年の陽射しを反射して、まるで光が溜っているように見えるのだろう。普段は感じることのない、新年ならではの明るさのなかで、作者と礼者が厳かに出会う。新しい年を迎え、何気ない生活の風景がふいに特別なものになる瞬間である。

（『百年』二〇〇八年五月刊行）季語＝年始（新年）

4日

人類に空爆のある雑煮かな　関　悦史

テレビのニュースに遠くの国の空爆の様子が映されたのか。一方、日本では平和なお正月を祝っている。掲句は、その視座を「人類」まで広げることで、空爆と雑煮をひとつづきの時空における出来事として捉えた。空爆の空と雑煮をいただいている空は、はるばると繋がっている。「遠さ」だけが空爆と雑煮を隔てるが、それは決して所与のものではないのである。

（『六十億本の回転する曲がつた棒』二〇一一年十二月刊行）季語＝雑煮（新年）

5日

九十年生きし春着の裾捌き

鈴木真砂女

春着は正月に着るために用意した晴れ着。裾捌きは、その春着の裾を乱さずに歩くときの足のこなしを言う。それは、九十年という人生の長さが生んだシンプルで美しい所作であろう。その半生を銀座一丁目の小料理店「卯波」の女将として生きた作者の、静かでしたたかな矜持を感じさせる。気品の高さと揺るぎない逞しさに、どこか気圧される一句である。（『紫木蓮』一九九八年十一月刊行）季語＝春着（新年）

6日

狛犬の首に真青な注連飾

藤本安騎生

狛犬は神社や寺院の門前に置かれた獅子に似た獣の石像。その狛犬の首に「真青な注連飾」が飾り付けられている。初詣で神社に参拝に訪れた場面だろうか。その注連飾はまるで、神域を守る異形の生き物たちに、活き活きとした生命力を与えているようにも感じられる。その鮮やかな青色は、新年の穏やかで清々しい空気感を象徴するようでもあり、目が離せない。

（『深吉野』二〇〇三年五月刊行）季語＝注連飾（新年）

7日

数の子の減るたび夜を深くせり

星野高士

新年の挨拶に訪れた来客たちと、正月料理を楽しみながら新しい年を祝う。卓上の数の子が減るに伴い、時が経ち夜が深まっていく。まるで数の子が、時間の経過を操作する装置のように思えてくる。もちろん夜が深くなるにつれて、料理を囲む人びととの関係も濃くなってゆく。やがて、そのめでたい時空は、大きなひとつの塊のようにも感じられてくるのだ。（『無尽蔵』二〇〇六年三月刊行）季語＝数の子（新年）

8日

縄跳をやめてほつそり立つ子かな

山根真矢

この子はひとり縄跳びで遊んでいたのだろうか。「ほつそり」は、この子の体型だけでなく、もっとそれ以上の雰囲気をまとった、不思議な「ほつそり」さをかもし出している。まるでこの子が、じっと作者を見つめ返してくるようでもある。その瞬間、ふたりのあいだに限りなく静かで穏やかな時間が流れだし、それが実にかけがえのない瞬間にも感じられてくる。（『折紙』二〇一四年六月刊行）季語＝縄跳（冬）

9日

凧墜ちて凧の吐いたるごとく糸　望月周

凧が墜ちるまではその浮力を支えるべく張りつめていた糸が、凧が墜ちた瞬間に、その主導権を奪われてしまった。「凧の吐いたるごとく」とは、それまで凧をつなぎ止めていた「糸」に対して情け容赦のない見立てにも感じられる。しかし一方で、ちからの抜けきった糸は、まるで己の仕事をやり切ったかのように空中を舞い降りてくる。美しくたゆたう白い凧糸。

（『白月』二〇一四年九月刊行）季語＝正月の凧（新年）

10日

冬と云ふ口笛を吹くやうにフユ　川崎展宏

この句を読む者は誰でも、上五の「冬と云ふ」を読んだ時点ですでに口笛を吹いてしまっている。中七下五は、そんな口笛を吹いてしまった読み手の姿をやわらかく撫でているようだ。思いがけないことに、この句はことばというものが、〈息〉であることに気づかせてくれる。それは私たちの身体からほそく静かに流れだし、音のある風になって誰かのもとに届く。

（『秋』一九九七年八月刊行）季語＝冬（冬）

11日

谷に雪己を量りつつ沈む　　対馬康子

谷に深く降り積もった雪。一歩一歩が雪に沈むのを感じながら、谷底を歩いてゆく。足が雪の底へ深くはまらないように、自分の体重と雪の弾力のバランスを確かめながら歩を進めているのだろう。あらゆる音が吸収されてしまった、銀世界の静けさの中で、自分自身の内なる〈重さ〉と対峙する。谷底の雪を歩きながら、次第に己の深く暗い場所へと降りてゆくのだ。

（『竟鳴』二〇一四年十二月刊行）季語＝雪（冬）

12日

雪を来る美しきことはじめんと　　小川双々子

何だろう、この不思議な期待感は。「美しきこと」について、この句で具体的な言及はされないが、むしろ雪のなかで行われるあらゆる行為が「美しきこと」である、と思わせるような強い透明感が、この句にはある。世界を包み込む雪は、私たちに内省的な心理をもたらすが、それを吹き飛ばすような逞しい生命力で、ためらいなく「美しきこと」をはじめるのだ。

（『荒韻帖』二〇〇三年六月刊行）季語＝雪（冬）

13日

さっきまで音でありたる霰かな　夏井いつき

最初は、降りだした霰の音が屋内にまで聞こえてきたのかも知れない。外に出て、地面に落ちて散らばった霰の粒を見て「さっきまで音でありたる」と感じたのか。どことなくこの霰は、混沌とたゆたう音の一部が凝結したものであるようにも感じられる。それはまるで、声がことばになる瞬間のようでもある。霰を見つめる姿は、ことばを見つめる姿にも似ている。（『伊月集　梟』二〇二〇年九月刊行）季語＝霰（冬）

14日

海鼠切りもとの形に寄せてある　小原啄葉

海鼠を切る。そして、それを「もとの形に寄せ」ておく。一見、意味の無い、とぼけた所作に見える。けれども「もとの形に寄せ」たからと言って、それがもとに戻るわけではない。切る前の海鼠と切ってしまった後の海鼠は、もう二度と重なり合うことはできない。その取り返しのつかなさにユーモラスな表現ながら、そこはかとない存在の無惨さを感じさせる。（『遥遥』二〇〇〇年四月刊行）季語＝海鼠（冬）

15日

福助のお辞儀は永遠に雪がふる

鳥居真里子

ちょんまげに裃姿で正座をした福助人形は、幸福を招く縁起人形として知られている。「永遠に」お辞儀をし続ける福助の運命は、ユーモラスながら健気でもある。一方で「永遠に」は「雪がふる」にも掛かり、あたかもこの雪は無限に降り続けるようにも思われる。この句の世界では、福助と降る雪だけが「永遠」で、その他のものはみな限りある命を生きている。

（『鼬の姉妹』二〇〇二年十月刊行）季語＝雪（冬）

16日

寒晴やあはれ舞妓の背の高き

飯島晴子

舞妓の身長は一六〇センチ以下が望ましいと言う。しかしこの句の舞妓はそれより背が高いのだろう。そこに作者は「あはれ」を感じた。この「あはれ」にはそこはかとない哀しさと、しみじみとした美しさへの感慨が重なり合っているように思われる。寒の頃の冷たく晴れわたる青空は、舞妓として生きる厳しさのようでもあり、彼女の明るい未来のようでもある。

（『寒晴』一九九〇年六月刊行）季語＝冬晴（冬）

17日

寒暁や神の一撃もて明くる　和田悟朗

一九九五年一月十七日早朝、マグニチュード7・3の地震が近畿圏を襲った。阪神・淡路大震災である。作者の自宅も全壊したという。「神の一撃」には人間の力が到底及ばない自然災害への畏怖が感じられる。地震は早朝だったために、犠牲者の八割近くが家屋倒壊による窒息・圧死だったという。「もて明くる」がその日の運命的な朝の訪れを思わせて痛ましい。（『即興の山』一九九六年五月刊行）季語＝冬の朝（冬）

18日

鴨の湖母を死なせてしまひけり　井上弘美

作者は長い間、年老いた母を献身的に介護してきたのではないだろうか。その母を亡くした喪心から、「母を死なせてしまひ」という自責の念が呼び起こされた。そのきっかけは、越冬のために日本に渡ってきた鴨たちである。冷たい湖に寄り合う無数の鴨たちを見て、たった一人の母の存在が思い起こされたのだろう。そのかけがえのなさと取り返しのつかなさを。（『汀』二〇〇八年九月刊行）季語＝鴨（冬）

19日

体内の水傾けてガラス切る　　須藤 徹

一心にガラスを切っている。中七下五の「水傾けてガラス切る」の透明感によって、上五の「体内」さえも透き通った器のように感じられてくる。無季の句だが、この体内に傾く水は、まるで冷たく澄み渡った冬の泉のようだ。その冷たさは、この句を支える透徹した精神そのものではないか。ただひたむきに、ことばになる前のガラスを切り続ける、その精神の。（『荒野抄』二〇〇五年十月刊行）季語＝なし（無季）

20日

道あるがごとくにしぐれ去りにけり　　鷹羽狩行

時雨がさーっと降りだし、通り過ぎるように去っていった。まるでそこに見えない「道」があるように。ひとつの現象（しぐれ）が、見えないもの（道）の輪郭をあらわにする。この「道」というものが、目に見えないものだけに、なんとなく自分もこの道を進まなければならないような気持になる。見えないものが、見えてしまったときに感じる強迫観念だろうか。（『十三星』二〇〇一年九月刊行）季語＝時雨（冬）

21日

夕しぐれ我ら去ぬれば樹を呼ぶ樹

池田澄子

我々がその場所を去る。すると、いま見ている樹々がお互いを呼び合った。この句の不思議さは、自分が立ち去った後の世界を詠んでいることだ。「去ぬ」は「去る」を意味するが、同時に存在そのものが消えてしまうような響きもある。私たちの存在が消え失せても、世界はそこに継続する。むしろ私たちが不在であることで、より活き活きと互いを呼び合うのだ。（『拝復』二〇一一年八月刊行）季語＝時雨（冬）

22日

長距離寝台列車《ブルートレーン》のスパークを浴び白長須鯨《しろながすくじら》

佐藤鬼房

まるで「長距離寝台列車」「白長須鯨」が、溢れるエネルギーを持て余すように俳句の器を飛び出してくる。人間界を駆け抜ける巨大な「長距離寝台列車」の火花が、自然界の冷たい海を悠々と泳ぐ「白長須鯨」にまで届くとは、なんと豪儀なイメージなのだろう。それは厳しい真冬の暗闇から生み出された彫刻のような生命力で、読む者の胸に印象深く迫って来る。（『瀬頭』一九九二年七月刊行）季語＝鯨（冬）

23日

ゆゑに侘助水も己を不気味がり　生駒大祐

「侘助」は椿の一種。人間がそうであるように、水もまた不可解な己を不気味がる。上五の「ゆゑに侘助」は唐突で、何者かの台詞のようでもあるが、そこには何かしらの理由が、言及されないかたちで書かれているとは言えないか。その花が侘助であること、水が己を不気味がること、人間もまたそうであること――それらには、理由がある。記述不可能な理由が。

（『水界園丁』二〇一九年六月刊行）季語＝侘助（冬）

24日

孤独ありダウンジャケット抱くと萎ゆ　藤田哲史

上五の「孤独あり」がこの句の気分をひろびろと包み込んでいる。だからこそ「ダウンジャケット抱く」の描写が「孤独」の実感を感じさせる。「萎ゆ」がユーモラスな表現でありながら、しみじみと哀れさを醸し出している。人間にはたまらなく、ぎゅーっと縮んでしまいたい瞬間がある。そんな衝動からふっと空気が抜けてしまったような、淋しげな一句である。

（『楡の茂る頃とその前後』二〇一九年十一月刊行）季語＝ジャケツ（冬）

25日

梟の畳廊下に通されし　　榎本好宏

薄暗い、畳廊下に通された。それは、立派な和風の家屋か。上五の「梟の」は、まるで梟の懐にいるような、そんな薄暗さをイメージさせる。夜か。遠くに梟の鳴き声が聞こえている。「さあ、ここを通れ」と、何者かに促され、畳廊下に通されたのだろうか。「畳廊下に通されし」という事実だけを言いながら、底知れない心理の奥底へと導かれてゆく気分になる。（『祭詩』二〇〇八年十二月刊行）季語＝梟（冬）

26日

つぎつぎに星座のそろふ湯ざめかな　　福田甲子雄

風呂から上がり、湯気を立てながら夜空を見上げている。無数の星のなかから、そのいくつかを結びつけ、つぎつぎと星座をそろえてゆく。それは、不思議と希望を感じさせる。まるで、もやもやとした星空から、いのちを掬い上げているようだ。みるみるうちに夜空が星座であふれてゆき、しかし自身は湯ざめし続けている。自分の体温を、星座たちに与えながら。（『草風』二〇〇三年五月刊行）季語＝湯ざめ（冬）

27日

抱卵の鶴に寄りそふ鶴しづか　遠藤由樹子

この句は「しづか」の前で切れている。つまり、この「しづか」は「抱卵の鶴に寄りそふ鶴」全体の静けさだ。そこには、鶴が二羽必要なのだ。「抱卵の鶴」と、それに「寄りそふ鶴」。そのあいだに通い合う静寂を捉えたところに、この句の眼目がある。ふたつの鶴の存在が、お互いを補完し合い、いずれの存在も欠かすことができない。そんな静けさなのである。（『寝息と梟』二〇二一年五月刊行）季語＝鶴（冬）

28日

葱畑蟹のはさみの落ちてゐる　辻　桃子

食べ終えた蟹を畑の肥料にしているのだろう。落ちているのが蟹を象徴する「はさみ」であることが、肥料となって尚、蟹としての矜持を失っていないようで健気でもある。冬空に向かってまっすぐに伸びる緑色の「葱」と、砕かれて肥料となった殻に交ざる赤色の「蟹のはさみ」のコントラストが鮮やかだ。人間の生活と生き物世界の無駄のないコラボレーション。（『ゑのころ』一九九七年十一月刊行）季語＝葱（冬）

29日

室咲きや妻ゐて明日には触れず

橋本喜夫

なぜ妻は「明日には触れ」ないのか。その理由は「妻ゐて」の「ゐて」にある。そこに妻が存在している。そして妻は「明日には触れ」ない。この「ゐて」と「触れず」は順接だ。つまり、妻がそこにいることこそが、明日に触れない理由なのだ。「室咲き」は温室で咲かせた花。春咲きの花を冬に咲かせる。それは春を先取りした花。明日を先取りした、妻の存在。

(『潜伏期』二〇二〇年六月刊行) 季語=室咲(冬)

30日

凍る夜は隣の山がきて覗く

矢島渚男

「山眠る」という季語があるように、冬の山は穏やかに眠っているイメージがあるが、この句の山は「凍る夜」にまじまじと目覚めている。その隣の冬山が、我が家を覗く。まるで伝説のダイダラボッチのようだ。隣にありながら、わざわざ「きて」覗く。この「きて」には、「隣の山」の〈情念〉とでも呼びたくなるような意志が感じられて、何処となく禍々しい。(『延年』二〇〇二年七月刊行) 季語=氷(冬)

31日

雪のひかりにひとつづつ扉を閉めて

井越芳子

一面に降り積もった雪が日の光りを反射している。そこにはいくつかの扉があり、それを「ひとつづつ」閉じていく。扉を閉じる〈私〉は、扉の内側にいる。扉が閉じられることで、それまで「雪のひかり」の眩しさでみえなかった〈内側〉が見えてくる。「ひかり」が遮られることで、見えてくるものがある。〈私〉は「扉を閉めて」、〈私〉だけの真理に触れる。(『雪降る音』二〇一九年九月刊行) 季語=雪(冬)

二月

1日

黄金の寒鯉がまたやる気なし　西村麒麟

中七の「また」とは、いったい何が「また」なのか。この「また」は、何を反復するのか。「また」の後の「やる気なし」は、それ以前の「やる気なし」が反復されているサインではないか。それ以前に、もっと大きな混沌とした「やる気なし」の広がりがあって、この寒鯉はそれが凝縮した存在だ。この句が感じ取っているのは、茫漠とした「やる気なし」の世界。（『鶉』二〇一三年十二月刊行）季語＝寒鯉（冬）

2日

冬木の枝しだいに細し終に無し　正木浩一

作者は若くして癌を患い、闘病の末に一九九二年、四十九歳で亡くなった。掲句は句集の末尾に置かれた一句。「冬木の枝」というモノの姿を、「しだいに細し終に無し」という時間の流れとして捉えた。冬の木に内在する命のはかなさを捉えた秀句である。「終に無し」が、まるで作者の時間と冬木の時間が重なり合っているようで、読む者の心を摑んで離さない。（『正木浩一句集』一九九三年四月刊行）季語＝冬木（冬）

3日

癌おそろし雨が霙にかはりつつ

草間時彦

癌。それは、私の身体の一部が〈変化〉し、私自身を殺す。上五の「おそろし」は、そうした〈変化〉への恐怖心を、率直に吐露している。その恐れは、「雨が霙にかはりつつ」という〈変化〉にも、不穏な感情を与える。「諸行無常」とは言うけれど、この「おそろし」は「癌」という真っ黒な心の底から「変わらざるもの」へ向けられた、深い叫びに感じられる。（『盆点前』一九九八年二月刊行）季語＝霙（冬）

4日

いちまいの水となりたる薄氷

日下野由季

この句は一見、「水」と「薄氷」の位置が逆であるように思える。普通なら「いちまいの薄氷となりたる水」ではないか。だが、よくよく考えてみると、私たちの目に世界は確かにこう見えている。薄氷はいよいよ「いちまいの水」であり、それ故にますます「水となりたる」なのだ。この「水」と「薄氷」のぎりぎりが、まさに冬と春の重なりそのものなのである。（『祈りの天』二〇〇七年九月刊行）季語＝薄氷（春）

5日

顎紐や春の鳥居を仰ぎゐる　今井　聖

上五の「顎紐や」の大胆な切れが面白い。そして、どことなく可笑しい。被っているのは帽子か、あるいはヘルメットか。神域との境界に立つ「鳥居」。その向こうに広がる春の空から大いなる手が伸びてきて、いまにも天に召し出されてしまいそうだ。しかし、それでも顎にはしっかり顎紐が掛かっている。この顎紐によってこの人物は確かに地上で守られている。

（『谷間の家具』二〇〇〇年九月刊行）季語＝春（春）

6日

羊水ごと仔牛どるんと生れて春　鈴木牛後

仔牛が生まれる瞬間、真っ暗な母牛の胎内から春の光へと世界が拓けてゆく。「どるん」というユニークな擬音語が、生まれたての濡れた体できらきらと光を弾く仔牛の、いのちの生暖かさまで感じさせる。「羊水」と「仔牛」の文字の対比も句を賑やかにしている。そうした全てが、この仔牛の誕生を言祝いでおり、句の底から何とも言い難い喜びが溢れ出ている。

（『にれかめる』二〇一九年八月刊行）季語＝春（春）

7日

先生やいま春塵に巻かれつつ　岸本尚毅

春の強い風に舞い上がる塵の中で、〈私〉は何かを決意したかのように、はるばると「先生」を思い起こしている。この「春塵」は、現実を生きることの厳しさにも似ている。決して追い付くことのできない、先生との距離。それこそが、先生を先生たらしめている。近づいてきて手を差し伸べることはなくとも、先生は遠くから〈私〉を新しい知へと導いてくれる。

（『舜』一九九二年五月刊行）季語＝春塵（春）

8日

墓穴がきれいに掘れて梅の花　大串　章

この句の「きれいに掘れて」の「きれい」とは、どんな奇麗さだろう。死者を葬るための「墓穴」が、どのように掘れると「きれい」なのだろう。図らずも、掘られた墓穴を「きれい」と感じたその心の在りようこそが、この墓穴に葬られる者の〈死〉の清らかさそのものではないか。暗い墓穴を見つめている。その背後に、これから葬られるきれいな死者がひとり。

（『大地』二〇〇五年六月刊行）季語＝梅（春）

9日

蛤を食べておおきくなりにけり　今井杏太郎

大事なことは何がおおきくなったのかではなく、おおきくなったことが何を意味しているのか、ではないか。蛤を食べたことで、不意に自分の中の何かがおおきくなった。それに驚く。〈私〉に足されたもの以上に〈私〉はおおきくなる。そうして〈私〉は〈私〉以上のものになるのだ。蛤を食べている。目の前には春の海が広がり、果てしなく波が打ち寄せている。（『海鳴り星』二〇〇〇年七月刊行）季語＝蛤（春）

10日

血の足らぬ日なり椿を見に行かむ　篠崎央子

「椿を見に行かむ」と思うのは何故か。それは「血の足らぬ日」だからだ、と言う。まるで欠損した「血」を「椿」で補塡するかのようだ。つまり「椿」は血の通う花なのである。この「血」が椿を椿として咲かせるように、私を私として生かすものもまた「血」である。体内を流れる血液の色や温度を感じながら、欠落した自己を咲かせるべく、椿を見に行くのだ。（『火の貌』二〇二〇年八月刊行）季語＝椿（春）

11日

紙風船息吹き入れてかへしやる　西村和子

紙風船が地に着かないように、ふたりで交互に打ち合って遊んでいる。次第に紙風船の中の空気が減ってくるので、そこに息を吹き入れて返した、という。紙風船遊びの、いつまで続くか分からないやり取りの繰り返しに、少し「息」を吹き足すことで守られている何かがある。それが守られ続けることで、反復する人生に小さな価値を与えるような、そんな何かが。（『心音』二〇〇六年五月刊行）季語＝風船（春）

12日

春の月桶をあふれて天にあり　野中亮介

夜空に春の月が輝いている。それは先ほどまで桶に張られた水の面に映っていた春の月が、桶からあふれ出したものであるようだ。桶をあふれる水の豊かさと、そこから一瞬にして天に移る春の月の明りには、どこか生命の源のような神々しさを感じる。そして、その水面と天の間に、それを感じている〈私〉がいる。まるで不思議で崇高な手品を見るような一句。（『つむぎうた』二〇二〇年九月刊行）季語＝春の月（春）

13日

真っ白な小鳥見てをり春の風邪

中嶋秀子

春先の、朝夕がまだ冷える頃、ぼんやりと風邪に罹っていることを感じながら、真っ白な小鳥が小刻みに動くのを見ている。活き活きとした小鳥の白さが、風邪で少し重くなった気分に活力を与える。この小鳥の〈白さ〉には、どこか特別な趣がある。それは、この〈白さ〉が、小鳥を見ている眼差しの果てにある、清廉な世界を予感させるからなのかも知れない。

（『玉響』二〇〇四年九月刊行）季語＝春の風邪（春）

14日

バレンタインデイか海驢の手パタパタ

野口る理

水族館のアシカショーだろうか。海驢がヒレをパタパタさせる仕草で客の気を引いている。多くのカップルが客で見に来ているのかも知れない。そんな中で、作者はふと、今日が「バレンタインデイ」であることに気づいた。賑やかなアシカショーの陰で、誰かの気を引くのでもなく、誰かと想い合うのでもない作者は、どことなく醒めている。それが妙に気になる。

（『しやりり』二〇一三年十二月刊行）季語＝バレンタインの日（春）

15日

当分はある太陽を梅のかげ　桑原三郎

この句の「梅」は、まるで歌川広重の描く臥龍梅のようだ。前景にひろびろと枝を広げ、そのかげから「当分はある太陽」が見えている。この「太陽」は、もちろん「春の日」だ。だが「春の日」と言うよりも、より立体的な手触りを感じさせる。絶対的で普遍的な太陽の存在を「当分はある」と限定的に捉えたことで、どことなく身近で、親しみある表現となった。(『不断』二〇〇五年八月刊行) 季語＝梅（春）

16日

なにはともあれ山に雨山は春　飯田龍太

この句では「山」の語が反復される。ひとつ目の「山に雨」の山は、まるで降る雨が匂い立つような、具象的で手触りのある山だ。一方、「山は春」の山は、今まさに春の季節に包まれた、抽象的で人の心を豊かに支配する、大いなるイメージの山だ。「なにはともあれ」と些事の一切合切を脇に置き、この具象と抽象の重なる「山」の存在を全身で感じ取っている。(『遅速』一九九一年七月刊行) 季語＝春（春）

17日

春光や飯にかけたる塩見えず

小野あらた

炊き立てのご飯だろう。白いご飯にかけた、白い塩。その白さのほんの少しの違いを打ち消してしまったのは、春の光だ。飯も塩も、春光という白い眩しさの内に包み込まれてしまった。この句は、塩の姿が見えなくなるのと引き換えに、春の光がそこにあることを、具体的な〈もの〉として発見した。「見えず」と書きながら、ありありと見えている句なのである。

（『毫』二〇一七年八月刊行）季語＝春光（春）

18日

鳥帰る東京液化そして気化

中村安伸

冬を越した鳥たちが、はるばる北方へ帰ってゆく。その眼下には大都市の東京が広がる。「東京液化そして気化」に、東京が「固体」であることに気づかされる。「東京」とひと言で言っても、そこには液化／気化を引き起こす温度や圧力に似たさまざまな変動要因が内包される。鳥たちが見下ろす東京は、まるで電子回路のように小刻みに動き続けるのを止めない。

（『虎の夜食』二〇一六年十二月刊行）季語＝鳥帰る（春）

19日

反骨は死後に褒められ春北風　　大牧　広

いつの時代も反骨精神は疎まれる。それは、未だ到来しない出来事を名指して、平穏な現在を荒立てるものだと思われているからだ。俳句もまたそのような出来事を明らかにしてしまうことがある。この句は己の「死後」という未来に、その反骨精神の評定を託す。作者はまだ寒い春の強風の中から、平和で穏やかだと信じられている現在を、批判的に見つめている。

（『正眼』二〇一五年七月刊行）季語＝春北風（春）

20日

砂浜に座れるわれも春景色　　遠藤若狭男

砂浜に座り、春の景色を眺めている。春の海、繰り返す波、海辺を楽しむ人々。不思議なのは、その景色を眺めている自分もまた、その景色の一部だということだ。まるで〈私〉が分裂して、砂浜に座っている〈私〉を、もうひとりの〈私〉が後ろから眺めているようだ。春の明るい陽光が、〈私〉の中で増殖して、見ている風景の全てを〈私〉ごと包み込んでいる。（『旅鞄』二〇一三年八月刊行）季語＝春光（春）

21日

まばたきの子象よ春はこそばいか

神野紗希

「こそばい」は西日本の方言で「くすぐったい」の意。子象の内には〈私〉と同じように春を感じる〈心〉の存在があり、子象もまた〈私〉同様、春の「くすぐったい」感覚を「こそばい」という方言で感じ取っているのではないか。子象の「まばたき」は、同じ生き物としての〈私〉と子象が通じ合える可能性であり、ごく自然にそれを信じて〈私〉は呼びかける。（『すみれそよぐ』二〇二〇年十一月刊行）季語＝春（春）

22日

梅林といふ密々のはなのこゑ

上田日差子

梅林には溢れるほどの梅の花が咲いている。この「密々」には「細かい」というだけでなく「極めて秘密なさま」が感じられる。それは句の末尾にある「こゑ」のせいだろうか。梅の花たちが、人知れず密かに囁きはじめる。どんな声だろう。子どものように澄んだ声か。「といふ」の語によって、梅林全体がまるごと梅の花たちの囁きのかたまりであるかのようだ。（『和音』二〇一〇年九月刊行）季語＝梅（春）

23日

死にゆくに息を合はする春の星

正木ゆう子

母を、看取る。この句の「死にゆくに」の「死」は、いま目の前で最期を迎えつつある、作者の母の死である。今まさに息を引き取りつつある母。その息に、作者は自分の「息を合はする」。この世のふたつの息が重なり合うとき、ふたりの命もまた重なり合う。とても静かで印象的な最期の場面だ。この世に残された息の先には、「春の星」が柔らかく輝いている。

(『羽羽』二〇一六年九月刊行) **季語＝春の星（春）**

24日

死にゆくに大きな耳の要る二月

渋川京子

昨日につづき「死にゆくに」の句である。しかし、この句の「死にゆくに」の「死」は、やがて来る自身の死のことだ。死に臨んで「大きな耳」が必要だという。何故だろう。隔絶された「死」の世界から「生」の世界の微かな音を聴きとるためだろうか。まだ寒さの厳しい二月。己の死は切実で荒々しい。その荒々しさを静かになだめながら、辛うじて人は生きる。(『レモンの種』二〇〇九年十二月刊行) **季語＝二月（春）**

25日

共に春愁茶碗二つに茶の冷めて

林　翔

長く連れ添った夫婦。ふたりはそれぞれに、そこはかとない春の憂いを抱えている。この憂いは、晩年ならではの物憂い気分だろうか。そうは言いながら、ふたりがお互いの憂いを思いやる様子が「茶碗二つ」から感じられる。言葉にしなくても分かり合える、そんな関係か。「茶の冷めて」にややペーソスが漂いつつも、ふたりの余生は決して淋しいものではなさそうだ。(『あるがまま』一九九七年十一月刊行) 季語＝春愁(春)

26日

未来都市かすみのなかにまた光る

大高　翔

まだ到来しない未来の都市。それが「また光る」という。「また」ということは、未来都市は気づかぬうちに、すでに目の前にあった。この、まるで時間を移動したような感覚をもたらしたのは、もちろん「かすみ(霞)」だ。この「かすみ」によって、いま生きている現在こそが、想像していた未来であることに気づいた。望んでいたものは、すでにそこにあった。(『帰帆』二〇一五年十月刊行) 季語＝霞(春)

27日

心臓はひかりを知らず雪解川　山口優夢

心臓は真っ暗な〈私〉の体内で、〈私〉の意思とは別に、生きて鼓動する。心臓は、〈私〉の内にあって〈私〉を生かす、〈私〉とは別の主体だ。いま目の前で雪解けの水を入れながらきらきらと流れる早春の川のひかりを、〈私〉の心臓は知る由もない。しかし、その無知こそが〈私〉を生かし、いまこの「雪解川」のひかりを〈私〉に与えてくれている。（『残像』二〇一一年七月刊行）季語＝雪解（春）

28日

春の池泳げぬ魚いるはずよ　鳴戸奈菜

雪解水で水が増した「春の池」では、暖かな日差しが注ぎ、春の生物たちが賑やかに動き出す。そんな、さまざまな生物たちの中には「泳げぬ魚」もいるはずだ、とこの句は言う。「飛べない鳥」が存在するのだから、「泳げぬ魚」がいてもいい。その眼差しは、いのちの多様性に対して公平で優しい。そして、その眼差しもまた、春の優しい日差しに包まれている。（『露景色』二〇一〇年十一月刊行）季語＝春（春）

三月

1日

三月の咽切つて雲軽くせり　綾部仁喜

暦の上では春でありながら、まだ寒暖定まらぬ三月。作者は咽の病を手術し、声を失った。「雲軽くせり」は、それ以前に作者が感じていた如何ともし難い雲の重さと、咽を切って声を失うことへの恐れと決断の重さが重なり合って痛ましい。しかし一方で、その決断の先の、次第に暖かくなる季節を流れる雲の軽やかさに、今、この瞬間を生きる喜びが感じられる。

（『沈黙』二〇〇八年九月刊行）季語＝三月（春）

2日

初蝶と見ればふたつとなりにけり　中西夕紀

一頭の初蝶。それはもつれ合ったふたつの蝶であった。この句で「ふたつ」に分かれたのは、もつれ合っていた蝶たちであると同時に、この蝶たちとの「出会い」だ。かけがえのないたったひとつの出会いが、ふたつに分裂して、ふいにふたつの出会いに変わる。「見れば」という小さな眼差しのなかに、ふたつになった初蝶への驚きと、ささやかな喜びが感じられる。

（『朝涼』二〇一一年七月刊行）季語＝初蝶（春）

3日

雛祭隕石がびゅーんととんだ　　金子兜太

整然と並んだ雛飾り。その上空を「隕石」が通り過ぎる。それも、「びゅーん」と。女子の息災を祈る地上の祭と、遥かな宇宙から地球へ降って来る固体惑星物質。全く異なる空間の、全く関連のない出来事がひとつの風景に収まることで、不思議な御伽噺の始まりを予感させる。「びゅーんととんだ」という表現にあどけなさが感じられ、どこか愛らしい。（『百年』二〇一九年九月刊行）季語＝雛祭（春）

4日

ただひとりにも波は来る花ゑんど　　友岡子郷

海を眺める。その足元に、寄せて返す波。大海は多くの人々にとっての恵みでありながら、一方で孤独な「ただひとり」にも、ひとり分の波として訪れる。「花ゑんど」は、白や赤紫色の蝶の形をしたマメ科の花。この句は一九九五年一月十七日の阪神淡路大震災の直後、三重県志摩半島にある安乗岬で詠まれたという。大自然の脅威の後に訪れた、ささやかな平穏。（『翌』一九九六年九月刊行）季語＝豌豆の花（春）

5日

啓蟄を時計に発条のちからかな　岡田一実

「啓蟄」は二十四節気のひとつで、暖かくなり、冬眠していた虫や蛇などの生き物が地上に出て来ること。この「時計」とは腕時計か、それとも古くて大きな柱時計か。それはまるで生き物のように、「発条のちから」を秘めている。上五の「を」によって、啓蟄という時候があらゆるものを包み込み、目覚めさせる。まるでこの「時計」の呼吸が聞こえてくるようだ。（『光聴』二〇二一年三月刊行）季語＝啓蟄（春）

6日

チューリップ原産地いま戦火の地　辻田克巳

チューリップと言えばオランダをイメージしがちだが、その原産地は実はトルコから中央アジアにかけての地域であるらしい。色が豊富で愛らしい花だが、その肉厚な花びらには、生々しい生命感があふれる。この句では、その愛らしいイメージが一転して殺伐とした景に変化するが、チューリップの生命感とそれを育てた大地が、その陰惨な戦火に抵抗しているようにも感じられる。（『春のこゑ』二〇一一年七月刊行）季語＝チューリップ（春）

7日

ふらここやたましひ誰も買ひに来ず　　鎌田　俊

「たましひ」を買いに来る誰か。それは誰だろう。誰であるにせよ、その「たましひ」は、今ふらここを漕ぐ〈私〉のもので、〈私〉から剝がしとることはできない。ふらここを激しく漕ぐとき、まるで「たましひ」と〈私〉が離れてしまうような感覚になるが、誰かがその「たましひ」を買いに来ても、売ることはできないし、そんな誰かは、永久にやって来ない。（『山羊の角』二〇一五年十月刊行）季語＝ぶらんこ（春）

8日

たんぽぽのぽぽのあたりが火事ですよ　　坪内稔典

「ぽぽのあたり」という場所を発見したのが画期的な句。「たんぽぽ」という明るい言葉が、ひとつの広々とした黄色い空間に変換され、しかもその一部は燃えている。「火事ですよ」と親しく伝えてくる誰かは、この句が生み出した特別な声だ。この句の基調となる明るさや親しみの一方で、「火事」という災いが静かに進行している。それはまるで現実のように。（『ぽぽのあたり』一九九八年七月刊行）季語＝蒲公英（春）

9日

てふてふや中の汚れて白い壺　上田信治

「てふてふ」と「白い壺」。明るくて長閑な景だが、その白い壺の中は「汚れて」いる。私たちはつい美しい景だけを愛してしまうが、むしろこのような見えにくい場所が「汚れて」いることが、世界の在りようだし、だからこそ明るさや優しさが美徳であるのだろう。この「白い壺」は世界を知っている。春という季節の豊かさも、この「汚れ」があってこそ、だ。

（『リボン』二〇一七年十一月刊行）季語＝蝶（春）

10日

駅の灯の遠く三月十日かな　中田尚子

昭和二十年三月十日の東京大空襲では、およそ十万人の市民が犠牲になったという。この句の「駅の灯の遠く」には、駅の灯までの空間的な遠さに、過去の「東京大空襲」との時間的な遠さが重ね合わされる。遠くに見える駅の灯に、空襲で犠牲になった人々の気配さえ感じさせる。その灯は、過去と現在が交差する三月十日を生きる私たちの、行く末を灯している。

（『一声』二〇一八年十二月刊行）季語＝東京大空襲忌（春）

3月

11日

泥かぶるたびに角組み光る蘆　高野ムツオ

二〇一一年三月十一日の東日本大震災時に詠まれた句。季語は「角組む蘆」で、これは湖沼や川岸に群生する蘆の芽のこと。津波の泥にまみれてもなお、川辺に伸びる蘆の芽の逞しさに、惨禍の後のささやかな希望を見出す。「光る」は春の日の光を浴びた蘆の姿であると同時に、作者自身の心象から生まれた光でもあろう。その光は、人々を静かに励ましてくれる。（『萬の翅』二〇一三年十一月刊行）**季語＝蘆の角（春）**

12日

双子なら同じ死顔桃の花　照井　翠

東日本大震災の句。この句の凄みは「同じ」にあるように思う。なぜなら生きている人々の間には同じ顔など存在しないからだ。仮にそれが双子だとしても。むしろ俳句はそのわずかな違いを掬い取る文芸だとは言えないか。だからこそ、この「同じ死顔」は衝撃的だ。死はあらゆるものを同一化してしまう。この句では、桃の花だけが活き活きと生きて咲いている。（『龍宮』二〇一二年十一月刊行）**季語＝桃の花（春）**

13日

戻らない子猫よ放射線降る夜

永瀬十悟

東日本大震災の津波によって、福島第一原発では未曽有の原発事故が発生。掲句は、その原発事故をモチーフに詠まれた句。生まれたばかりの子猫が帰ってこない。その夜に降りそそぐ見えない「放射線」は、何気ない子猫の不在を、救いようのない不穏な出来事に変える。この不穏さは、あの原発事故の直後に多くの人々が感じた忌まわしい気持ちを思い起こさせる。（『橋朧―ふくしま記』二〇一三年三月刊行）季語＝猫の子（春）

14日

三月の海が薄目を開けるとき

渡辺誠一郎

東日本大震災の津波による災害の記憶は、海を――特に「三月の海」を特別なものにしてしまった。〈私〉が海を眺めるとき、それまでにはない眼差しで海が〈私〉を見つめ返してくる。この句は〈私〉を見つめ返してくる海の視線を、「薄目を開けるとき」という特別な瞬間として捉え、それ以上は何も言わない。言葉にすることも憚られる、海への畏怖と言うべきか。（『赫赫』二〇二〇年十月刊行）季語＝三月（春）

15日

春の夜の時刻は素数余震に覚め　榮　猿丸

春の朧夜に目覚めると、時計の時刻が素数であった。この時計はデジタル時計か。下五で句の風景は一変する。「余震」の前に「本震」があったはずで、それは東日本大震災だったか。素数は1と自分自身でしか割り切れない特別な数字。時刻が素数であったことは、偶然でありながら、どこか偶然以上の出来事にも感じられる。それは、まるであの震災のように……。

（『点滅』二〇一三年十二月刊行）季語＝春の夜（春）

16日

その樹液熱きか内部被曝の木　高岡　修

福島の原発事故後、「内部被曝」という言葉を頻繁に聞いた。見えない放射性物質は、生物の体内に留まり、がんの発症率が高まるという。この句で内部被曝したのは「木」である。被災した木だろう。見た目に変化は無くとも、その内側の変化に思いを馳せ、「その樹液熱きか」と呼びかける。この「樹液」のリアルさに「内部被曝」の恐ろしさが感じられて怖い。（『水の蝶』二〇一五年十二月刊行）季語＝なし（無季）

17日

ヒヤシンスしあわせがどうしても要る　福田若之

早春。ヒヤシンスが咲いている。東日本大震災とそれに続く福島の原発事故は、人々の命や家や生活や風景だけでなく、言葉では言い表せない、かけがえのない〈何か〉を人々から奪い去った。大災害の後に残された空虚で巨大な穴。それに対して、この句は「しあわせがどうしても要る」という。この「どうしても」の悲痛で切迫した響きが、読者の胸に強く届く。

（『自生地』二〇一七年八月刊行）季語＝ヒヤシンス（春）

18日

ヒトはケモノと菫は菫同士契れ　金原まさ子

注目すべきは、ヒトとケモノの差異だ。菫は菫同士で契り、どこまでも菫として子孫を繁栄させてゆくのに対して、ヒトはケモノと交わりながら発展してゆけと、この句は批判的に命じる。なぜなら、ヒトは端的にヒトであることができず、時おりケモノのように冷酷だからだ。世に蔓延る差別や偏見、絶えることのない紛争や侵略戦争を見れば、それは否定できない。

（『カルナヴァル』二〇一三年二月刊行）季語＝菫（春）

19日

紅梅の影する畳拭きにけり　山尾玉藻

まだ肌寒い早春に咲く白梅に比べ、紅梅の咲く時期はやや遅い。それ故に、紅梅には暖かく艶やかな趣がある。庭に紅梅が咲いている。ひろびろとした和室に差し込む春の陽射しが、畳の上に紅梅の影をつくる。その紅梅の影の上から、あたたかな畳を一心に拭いている。乾いた布で、隅々まで。そのひたむきな姿が、何事もない日常の美しい一瞬を生み出している。

（『人の香』二〇一五年十二月刊行）季語＝紅梅（春）

20日

文字消して消しゴム汚す遅日かな　鶴岡加苗

下ろしたての消しゴムを使う。文字を消せば、当然消しゴムは汚れるのだが、それを「汚す」と能動的に捉えたところに、微妙な心理が表れている。まるで、自分が故意に消しゴムを汚そうとしているかのようだ。「遅日」という季語には、暮れかねる春の日の抵抗感が含まれ、それがこの句の心理と重なり合うことで、喩えようのない存在の憂いが表現されている。

（『青鳥』二〇一四年七月刊行）季語＝遅日（春）

21日

春分の昼の鏡にゆらぎをり

岡井省二

春分は二十四節気のひとつ。昼と夜の時間がほぼ等しくなる。そんな春分の昼の明るい時間。鏡がある。全身が映る姿見だろうか。そこに映るのは自分自身だ。「春分」から「昼」、そして「鏡」へと次第に焦点が絞られ、ついに鏡に映る自分は、それ以上絞り込むことのできない分割不可能な存在だ。ただただゆらいでいるだけの、ゆらぐことしかできない、存在。(『鯛の鯛』一九九九年七月刊行)季語＝春分(春)

22日

人入れて春の柩となりにけり

杉山久子

木材で作られた箱が、「人」を入れることで「柩」になった。この「人」とは、言うまでもなく死者であろう。人の死は悲しい。だが、この句の「春の柩」には、春の季節のあたたかさと、これから旅立つ「人」への慈愛が感じられはしないか。逆に言えば、この「人」こそが、この木の箱を「春の柩」に変質させていて、「人」と「春の柩」が命を与え合っている。(『春の柩』二〇〇七年二月刊行)季語＝春(春)

23日

三椏の花三三が九三三が九

稲畑汀子

一読、「さざんがくさざんがく」のリフレインが気持ちのいい句だ。三椏の花は、よく庭木として植えられるジンチョウゲ科の落葉低木で、黄色い球状の花を咲かせる。枝が三ツ又状に分かれることからこの名前がついたという。「三三が九三三が九」は、まさに三椏の花の枝が広がる様子をよく捉えていて、言葉の面白さだけでない、視覚的な楽しさが感じられる。

（『さゆらぎ』二〇〇一年九月刊行）**季語＝三椏の花（春）**

24日

朧夜の部屋いつぱいに鳥の羽根

茅根知子

常識的には、この「鳥の羽根」はインテリアか何かか、あるいは布団の羽毛があふれ出した、といったところか。だがそれ以上に、この句には「鳥」そのものの存在感がある。まるでその鳥たちが暴れた後の、羽根が飛び散った状態でもあるかのようだ。夜の「朧」の不可解なちからが、飼い鳥たちの野性を取り戻させたか。荒々しくエネルギーの溢れるイメージだ。

（『赤い金魚』二〇二一年九月刊行）**季語＝朧（春）**

25日

ゴールポスト遠く向きあふ桜かな　相子智恵

学校の校庭だろうか。桜の咲くグラウンドに、サッカーゴールが向かい合わせに置かれている。この句は「遠く向きあふ」と、その遠さを捉えた。この遠さは、単純な距離でありながら、それ以上のものでもある。この一対のゴールたちには、己の役割を果たすためにこの「遠さ」が必要なのである。桜の咲く限られた時間が、この遠さをより尊いものに感じさせる。

（『呼応』二〇二一年十二月刊行）季語＝桜（春）

26日

菜の花や人ゐなければひとりごと　藤井あかり

「人ゐなければ」は仮定形だが、実際には菜の花の咲く中で親しい誰かと話をしている場面なのではないか。誰かとの会話の最中に、ふと人の不在を感じて、いま会話をしていることが、まるで「ひとりごと」のように感じられたのかも知れない。人は、ひとりでいるときよりも誰かと一緒にいるときの方が孤独を感じることがある。誰もが共感できる心象であろう。

（『封緘』二〇一五年六月刊行）季語＝菜の花（春）

27日

蝌蚪の押す木片やがて廻りだす　日原　傳

「蝌蚪」は春の季語で「おたまじゃくし」のこと。たくさんの蝌蚪が木片に集っているのを見ていると、ふとその木片が「廻りだ」した。この「やがて」の一語に、観察時間の長さが読み取れる。愛らしい蝌蚪たちのちからに、この木片が優しくダンスしてあげているようにも感じられる。長く観察するうちに、作者の視線はいつしか蝌蚪になり切っているのだろう。（『燕京』二〇一七年九月刊行）**季語＝お玉杓子（春）**

28日

三月の野のものを掌に載せもらふ　村越化石

村越化石は、ハンセン病を患い、その後遺症と生涯闘い続けた俳人である。彼は、病の影響で四十代後半に視力を失っている。この句の「野のもの」も具体的な姿は見えてはいないのだ。ここでは、それを「掌に載せもらふ」ことで、三月という季節を全身で感じているのだろう。三月の野の匂いや「野のもの」の感触、そしてそれを掌に載せてくれた誰かの存在を。（『八十路』二〇〇七年八月刊行）**季語＝三月（春）**

29日

春疾風吹つ飛んで来る一老女　山田みづえ

「春疾風（はるはやて）」は、春に吹く突風のこと。その突風に煽られ、ひとりのお婆さんが「吹つ飛んで来る」というのだから穏やかではない。「吹つ飛んで来る」という中七の仰々しさにどこか滑稽さがあり、一読してニヤリとしてしまう。だが、それに続く下五の「一老女」がかすかに残酷な表現で、急に真顔に戻される。ユニークでシニカルな視線だ。（『中今』二〇〇五年六月刊行）季語＝春疾風（春）

30日

花の夜の柩じわりと湿りくる　中村和弘

俳句で「花」と言えば桜のこと。桜の咲く夜である。葬儀の後か。「じわりと湿りくる」に時間の経過が読み取れる。葬儀の慌ただしさの後、弔客も去り、柩の死者と向き合う静かな時間が訪れる。「湿りくる」はもちろん柩のことなのだが、一方で葬儀の後の心理の変化にも感じられはしないか。夜桜の明るさが語りかけて来るような不思議な雰囲気がある。（『東海』二〇一二年七月刊行）季語＝花（春）

31日

ポストまで歩けば二分走れば春

鎌倉佐弓

郵便ポストまで手紙を出しに行く場面だろうか。中七下五がまるで不動産広告の表現のようでユニークだ。それも「歩けば二分」に対して、「走れば春」の「春」で句が明るく飛躍する。この飛躍そのものが実に春らしいではないか。この句のウキウキした気分は、これから投函する手紙の内容や、その手紙の宛先である相手との関係まで想像させて気持ちがいい。

(『走れば春』二〇〇一年十月刊行) 季語＝春（春）

四月

1日

馬鹿に陽気な薬屋にいて四月馬鹿　清水哲男

エイプリルフールである。上句が長く七音あるが、ここは「馬鹿に陽気な」まで一気に読む。「陽気な薬屋」は、薬屋の主人というより、色とりどりの薬が並ぶ薬屋そのもののイメージだろう。句の最初と最後に「馬鹿」が配置されているのも、全体の印象をユーモラスで賑やかにしている。「薬屋」という生活感あふれる場面設定が、句を明るく豊かにしている。（『打つや太鼓』二〇〇三年八月刊行）季語＝四月馬鹿（春）

2日

切絵師の肩にてふてふとまりけり　加古宗也

器用に鋏を使い、一枚の紙に白と黒の世界を表現する切絵師の技術は、観る者の目を惹きつける。その切絵師の肩に蝶（てふてふ）がとまった。てきぱきと動く手の動きに対して、彼の肩は蝶がとまるほどに不動なのだ。その揺るがない肩を要として、切絵師は一枚の紙に光と影を生み出していく。その「肩」の静けさと、そこにとまった蝶の明るさが印象的な句だ。（『花の雨』二〇〇九年三月刊行）季語＝蝶（春）

4月

3日

海の深さの四月の論理学者の夢

小野裕三

暖かな四月という季節のぼんやりとした「夢」の広がりを、「海の深さ」で表現したのがユニークな句。深海の静かで暗く冷たいイメージが、春の明るさや暖かさと対照をなしていて、その印象は単純ではない。また、「論理学者」にくっきりと明瞭な存在感があり、穏やかな春の景色に立つ凜々しい人物が想像される。「の」で連結された一連の語が鮮やかな一句。(『メキシコ料理店』二〇〇六年十二月刊行) 季語＝四月(春)

4日

トランペットの一音♯《シャープ》して芽吹く

浦川聡子

それまでなめらかに流れていたトランペットの音が「半音上がった」。この半音上がった瞬間を、「♯して」と音楽記号で表現したことが、句に躍動感を与えている。この半音の変化に対して、作者は突として木々の「芽吹き」に気づくのだが、中七の「して」によって、聴覚の世界から、視覚の世界へ鮮やかに切り替わる。この鮮やかな転換に不思議な快感がある。(『水の宅急便』二〇〇二年九月刊行) 季語＝木の芽(春)

5日

流木に蝶の止まりしより頭痛　鈴木鷹夫

遥かよりはるばる流れ着いた「流木」に蝶がとまった。それは大いなる自然が生み出した〈偶然〉の一瞬で、どこか〈崇高〉な印象すらある。その〈崇高〉な印象から、下五の「より頭痛」への展開が意外だ。その「頭痛」はまるで、蝶が流木にとまるという〈偶然〉を見てしまったことへの、罰として与えられた痛みでもあるかのようで、読み手の心をざわつかせる。（『千年』二〇〇四年四月刊行）季語＝蝶（春）

6日

海見えてきし遠足の乱れかな　黛執

遠足の列が進んでゆくと、遠くに「海」が見えてきた。この「遠足の乱れ」を生んだのは、その「海」の広がりだ。それは遠足を構成する子どもたち一人ひとりの内面に与えられた広がりで、この「遠足の乱れ」とは遠足の「列の」乱れであると同時に、その列を構成する子どもたちの心理の騒めきでもあろう。「乱れ」の一語が、句に深みのある視点を与えている。（『野面積』二〇〇三年三月刊行）季語＝遠足（春）

7日

また美術館行かうまた蝶と蝶

佐藤文香

「美術館行かう」という呼びかけには、呼びかける〈私〉と呼びかけられる〈君〉の〈ふたり〉がいる。そして、よく見れば、その呼びかけを挟むように「また」がふたつ、さらに「蝶」がふたつ。この「蝶と蝶」はまるで〈ふたり〉を象徴するようだ。すべてがふたつずつ用意された、〈私〉と〈君〉の世界。その場所が「美」を展示する「美術館」であるのもいい。（『君に目があり見開かれ』二〇一四年十一月刊行）季語＝蝶（春）

8日

虚子の忌の鏡にくろき運河かな

櫂 未知子

近代俳句に大きな影響を与えた高浜虚子が亡くなったのは、今からおよそ六十年前の一九五九年（昭和三十四年）四月八日である。その虚子忌の鏡に、「くろき運河」が映っている。鏡を隔て、虚子という大人物の忌日と、黒々と音なく流れる運河が対峙するような緊張感のある構図がユニークだ。その間に立つ作者の、俳人としての気構えもひしひしと感じられる。（『カムイ』二〇一七年六月刊行）季語＝虚子忌（春）

9日

チューリップわたしが八十なんて嘘　木田千女

歳をとることは、肉体的なことなのかも知れない。精神は、なかなか大人にはなれず、衰えていく肉体を思いながら、おろおろするばかりだ。この句は、その年齢が「八十（歳）」だというのだから、驚かされる。いつまで経っても、人とはそういうものなのか。「なんて嘘」という軽快な表現が、老いることない、伸びやかな作者の精神を感じさせて、小気味良い。（『お閻魔』二〇〇八年三月刊行）季語＝チューリップ（春）

10日

あたたかなたぶららさなり雨のふる　小津夜景

「たぶららさ（タブラ・ラサ）」とは、ラテン語で「白紙」の意味で、何か外部からの刺激を得る前の、無垢な魂の状態を言う。上五中七のひらがな表記が、ゆるやかな時間の流れをもたらす。下五の「雨」は、言うまでもなく春の雨である。この「雨」は、漢字一字で書かれることで、「たぶららさ」の状態に経験をもたらす特別な出来事であるように感じられる。（『フラワーズ・カンフー』二〇一六年十月刊行）季語＝暖か（春）

11日

蕗味噌に稚き月の味したり　仲寒蟬

「蕗味噌」は蕗の薹の味噌和えのこと。「稚き」は一般的には「いとけなき」と読むが、芭蕉に「たけのこや稚（をさな）き時の絵のすさび」の句があり、ここでも「お（を）さなき」と読みたい。「稚き月」の「月」は、天体の月か。「稚き月の味」とは、「蕗の薹」の愛らしさや早春の夜空の冷たさを感じさせて、意外なだけではなく、妙な説得力をもっている。（『巨石文明』二〇一四年一月刊行）季語＝蕗味噌（春）

12日

蛙座すチョコレート溶けさうな石　中村堯子

なんともユニークな句だ。石の形容として「チョコレート溶けさうな」とは意外だ。春の陽気で温まった石か。その石の上に、小さな蛙がキョトンと座っている。チョコレートとは何も関係ない蛙の、戸惑う表情が見えるようで愛らしい。蛙がチョコレートなら溶けてしまうところだが、冬眠から目覚めたばかりのその蛙は、暖かな石の上にしっかりと存在している。（『ショートノウズ・ガー』二〇一一年十一月刊行）季語＝蛙（春）

13日

たまきはる白のひびけり貴椿《あてつばき》

神蔵　器

「貴椿」は、京都の法然院にある三銘椿のひとつ。白地に紅色縦絞りが僅かに入る大輪の花で、他の「五色散り椿」「花笠椿」と比べて、白の印象が鮮やかな花である。「たまきはる」は「命」などにかかる枕詞で、この句では中七の「白のひびけり」にかかる。つまり、作者はこの花の鮮やかな「白」こそが、貴椿の「命」そのものであることを発見したのである。

（『貴椿』二〇〇一年八月刊行）季語＝椿（春）

14日

春闌けてピアノの前に椅子がない

澤　好摩

あるはずのものが、無い。そのために、逆にその存在が特に意識されてしまう、ということがある。この句もまた、あるはずのピアノの「椅子」がないために、その不在がことさら不安に感じられる。花も散り、春の盛りが過ぎたころを指す「春闌けて」の季語が、その喪失感をさらに深める。その「椅子」の存在が、まるで自分にとっての全てでもあるかのような。

（『光源』二〇一三年七月刊行）季語＝春深し（春）

15日

会社やめたしやめたしやめたし落花飛花　　松本てふこ

直截的な表現にインパクトがある。「会社やめたし」の七音、「やめたしやめたし」の八音、という五七をあふれ出す音韻が、感情の波となって読み手に伝わってくる。下五の「落花飛花」の語順にも注目したい。「落花」が先で「飛花」が後である。句末が「飛花」で締められることで、この句の感情の行きつく先に、ほのかな希望の光が待つようにも感じられる。

（『汗の果実』二〇一九年十一月刊行）季語＝落花（春）

16日

納骨や花びら触るる音して落つ　　大石悦子

納骨。桜が降る中で、儀式が執り行われている。この「花びら触るる音」とは、落花が地に触れるときの音と読みたい。その音は、聴覚というより、故人の死を悼む心理的な感覚が捉えたものであるように感じられる。しきりに降る花びらの微細な音に、故人を失った哀しみが深まってゆく。ちなみに、この句には「八田木枯さん納骨式　山科一燈園」の前書きがある。

（『百囀』二〇二〇年七月刊行）季語＝花（春）

17日

赤ん坊の掌の中からも桃の花

長谷川 櫂

それまで親子は、桃の花の散る中を歩いてきたのだろうか。赤ん坊は、知らず知らずのうちに、偶然、桃の花びらを掌に握り込んでしまった。その花びらが、ふと赤ん坊の掌から現れる。確かにそれは偶然なのだが、ただの偶然とは言い切れないとも思える。どことなくこの桃の花びらは、親の愛に守られた赤ん坊からの、ささやかな返礼のようにも感じられないか。

(『天球』一九九二年四月刊行) 季語=桃の花(春)

18日

木簡に添寝の蛙掘り出され

津田清子

長い時代を超えて、土の中から木簡が掘り出された。すると、そこにちょっと場違いな冬眠中の蛙が、一緒に掘り出されてしまった。時代の出来事が記録され、遥かな年月を地中で眠っていた木簡と、それに「添寝」するかのように今年の春を待ちながら眠っていた蛙の、ふたつの「眠り」が長短の時間を経て交差する。どこか童話的でユーモラスな情景ではないか。(『無方』一九九九年十月刊行) 季語=蛙(春)

4月

19日

廃れたる城に鳥とぶ日永かな

藤本夕衣

かつては地域を支配し、威厳を保っていた城が、いまは廃れてしまっている。草木は伸び放題、天守閣は失われ、その城郭はほとんどが形を残していない。その遥か上空を鳥が飛んでいて、その姿は城が健在だった時代から何も変わらない。日永という春の伸びやかな時間の中で、滅びゆくものと、変わらざるものが対峙し、はるばるとした気分をもたらしてくれる。(『遠くの声』二〇一九年三月刊行) 季語＝日永(春)

20日

鴉の巣見てもだまつて寺男

廣瀬直人

「寺男」は、寺院で雑務をする使用人。「見てもだまつて」に、寡黙な寺男の人柄がうかがえる。鴉は春の繁殖期になると、巣をつくり子育てを行う。寺男は、寺の高い場所に、鴉の巣を見つけた。普段なら厄介者の鴉だが、その鴉が子育てのためにこしらえた大切な巣を発見して、じっと見守るように眺めている寺男の様子は、ほのぼのとした優しさを感じさせる。(『遍照』一九九五年三月刊行) 季語＝鳥の巣(春)

21日

若鮎の刃物びかりに遡る　伊藤伊那男

「鮎」は夏の季語だが、春先の鮎漁解禁前に海から川へ遡ってくる小さな鮎を「若鮎」と呼び、春の季語となっている。「刃物びかり」は「刃物のようなひかり」と解した。この「ひかり」は、若鮎の体色というだけでなく、その表皮を通して放出される生命力そのものだろう。「若鮎」のしなやかな体が川を遡る姿に、限られた最良の時期の命の輝きを感じさせる。

（『然々と』二〇一八年七月刊行）季語＝若鮎（春）

22日

林中の花や辛夷はひとりの木　石田勝彦

林の中を歩いていると、行く手に白い花が咲いている。最初それは、唐突に何かの「花」と認識され、次にそれが「辛夷」であることに気づく。その白い辛夷の花から照り返されるように、句の視座が内面化し、それは「ひとりの木」だという。この「ひとりの木」は「ひとりの（ための）木」と解したい。花辛夷の白さに縁どられるような〈孤独〉が浮かびあがる。

（『秋興』一九九九年九月刊行）季語＝辛夷（春）

23日

はんにちは母半日は海へちるさくら　石寒太

海の見える大地。そこでしきりに散るさくら。その散るさくらのなかで日のある半日を働き詰めの母。ある春の日の、海とさくらと母の織りなす時間の流れを、作者はダイナミックに眺め続けている。大事なことは、このとき作者の視線は「ちるさくら」そのものに成り代わっていることだ。彼は、いまこの瞬間のかけがえのない風景を見つめる。その母の息子として。

（『翔』一九九二年五月刊行）季語＝桜（春）

24日

ふいに手の出て藤房をひとなでず　飯田晴

藤の花の名所だろうか。藤棚の天蓋から、まるで人々の視野を覆い隠すほどに垂れ下がったみごとな藤の花。その藤の花の向こうから、ふいに、ぬっと「手」が出てきて、藤房を「ひとなで」した。その「手」の持ち主の顔もわからない不気味さ。無遠慮で、無粋で、それまでの美しい時間がかき乱される。美の調和が崩され、はっと頭を叩かれるような瞬間である。

（『ゆめの変り目』二〇一八年九月刊行）季語＝藤（春）

25日

人妻ぞいそぎんちやくに指入れて

小澤　實

磯巾着は古名をイソツビといい、「磯の女性器」を意味するという。上五の「人妻ぞ」は、文字通りその古名を象徴的に請け負うのだが、この句が観念にとどまらないのは、その磯巾着に指を入れるところにある。それは、現実的なものに触れる。内部は、粘液にまみれ、襞がうごめき、生命が吸い付くような感触で、そこに妄想を寄せ付ける余地はないのである。（『瞬間』二〇〇五年六月刊行）季語＝磯巾着（春）

26日

踏まれどほしの磯巾着の死に狂ひ

中村苑子

昨日に続いて磯巾着の句。「踏まれどほし」とは磯巾着にとっては散々な状況だが、どことなくユーモラスで、哀れでもある。だが、下五で状況は一変する。「死に狂ひ」は死を覚悟して荒れ狂うこと。死にもの狂い、とも言う。死なないために、死ぬ気で生きる。この磯巾着の過剰な必死さが、〈生きること〉の厳しさとそのための覚悟を読者に訴えかけてくる。（『吟遊』一九九三年七月刊行）季語＝磯巾着（春）

27日

ひよこ売りについてゆきたいあたたかい　こしのゆみこ

「ひよこ売り」とは、昭和の頃、学校の帰り道などでひよこを売っていた露天商のこと。この句は、春のあたたかさを、もし「ひよこ売り」がいれば、ついてゆきたくなるようなあたたかさだ、としみじみと懐かしむ。中七下五のリズミカルな押韻が、いまは姿を見なくなった「ひよこ売り」への喪失感と、それを感受する伸びやかな大人の気分を同時に感じさせる。

（『コイツァンの猫』二〇〇九年四月刊行）**季語＝暖か（春）**

28日

鈴の音のやうな耳鳴り春落葉　中岡毅雄

「春落葉」は椎や樫や檜などの晩春に葉を落とす常盤木の落葉のこと。冬にしげしげと葉を落とす落葉樹と比べ、ひっそりと目立たずに落葉する。その静けさのなかで、「耳鳴り」は作者を苦しめつつも「鈴の音」のように彼の内側から呼び掛ける。それは、常盤木が葉を落とし、次第に新葉と入れ替わりつつ、やがて来る初夏の訪れを告げる合図なのかも知れない。

（『啓示』二〇〇九年七月刊行）**季語＝春落葉（春）**

29日

夏蜜柑つひばまれたる海の側

岩田由美

夏蜜柑が木に生ったまま、鳥についばまれた。それによって、この句の世界に「海の側」という側面があらためて発見された、という大変ユニークな視野を獲得した句。陸と空と海の要素のすべてが一句の中に収まることで、たったひとつの夏蜜柑を中心に、その周囲の自然全体がまるでひろびろとズームアウトするような、ダイナミックなイメージが広がってくる。（『花束』二〇一〇年八月刊行）季語＝夏蜜柑（春）

30日

黒土の畝たかく春去り行くも

若井新一

「黒土」は黒色がかった火山灰土で、有機物に富んだ柔らかい土。畑打の後、土を盛り上げ畝を作る。畝は高ければ高いほど水はけがよく、野菜が好む土壌となる。この「黒土の畝たかく」には、いよいよ力の漲った畑の様子がうかがえる。下五の「春去り行くも」の表現に、大いなる春が〈現在〉を跨ぎ越して行くような、ダイナミックな時間の流れを感じさせる。（『雪形』二〇一四年三月刊行）季語＝行く春（春）

五月

1日

崖水の綺羅細々と春はゆく　斎藤夏風

「崖水」は、崖面から湧水が湧き出る様子。「綺羅／細々」とあるから、細い糸のように流れる滝が、幾筋にも分かれて滝幅を広げているのだろう。それは、実にあでやかでシンフォニックな景である。この句は、「崖水」の力強い景に、いよいよ去り行く春への感慨を深めている。明るく柔らかい光に包まれた春から、眩しく活動的な光芒を放つ初夏へと季節が移ろう。（『辻俳諧』二〇一〇年十月刊行）季語＝行く春（春）

2日

春逝くと帆船の絵がかけてある　山本洋子

帆に風を受けながら、広大無辺な海を航行する帆船。その躍動的な絵に、惜春の感慨を深めている。「春逝く」の「逝く」には「行って戻らない」ニュアンスが含まれ、去り行く春に取り残されるような気持ちが強く感じられる。上五の助詞「と」によって、この「帆船の絵」それ自体から春の終わりを告げる声が発せられているような、不思議な表現となっている。（『夏木』二〇一一年十月刊行）季語＝行く春（春）

5月

3日

夏へむかふ浅瀬くるしく鮒こえゆき

竹中　宏

これから夏をむかえる「浅瀬」の清々しさや生命のきらめきを感じさせる表現でありながら、中七の「くるしく」の一語が、どうにももどかしい。この「くるしく」は、世界に存在することの苦しみであり、それは世界の複雑さとただならなさに他ならない。この世界で己の存在に苦しみながら、鮒は浅瀬を「越えゆき」、そして夏という季節を「肥えゆく」のである。（『アナモルフォーズ』二〇〇三年五月刊行）**季語＝夏（夏）**

4日

若きらは若き声してみどりの日

伊藤通明

「みどりの日」は青葉茂る清々しい印象の祝日だ。この句の「若きら」は「若き（者）ら」を略した表現だろう。「若き声」が、彼らの〈若さ〉そのもので、ここでは「若き声」に強く焦点が当たっている。仮に、この助詞「は」が「の」で、「若きらの若き声して」だったら、この強さは出てこない。つまり、作者は彼らの「若き声」に激しく魅了されているのだ。（『荒神』二〇〇八年六月刊行）**季語＝みどりの日（春）**

5日

纜《ともづな》を投げてこたうる立夏かな　浅井一志

「纜」は船を岸に繫ぎとめておくための綱。この船と岸のあいだに投げられた纜が、この句では言葉にならない何かの〈こたえ〉になっている。だとすると、そこには何かしらの〈問いかけ〉があるはずなのだが、それは何か。この〈こたえ〉は言わば「立夏」からの〈こたえ〉であり、それは過ぎ去った「春」が残した〈憂い〉に対する〈こたえ〉なのではないか。（『百景』二〇〇八年二月刊行）季語＝立夏（夏）

6日

縦書きの詩を愛すなり五月の木　小池康生

一本のすっくと立った五月の木の存在。「縦書きの詩を愛すなり」は、その木を眼前にした作者自身の内面からの声だろう。この「縦書きの詩」は、やはり「俳句」のことであると読みたい。この「五月の木」の凜とした清々しさにより、「愛すなり」は、いままさに「愛している」とも読めるし、さらにはそれを「愛しつづける」という決意表明のようにも読める。（『旧の渚』二〇一二年四月刊行）季語＝五月（夏）

5月

7日

葉桜や鋲に閉ぢたる検視創

池田瑠那

事故で亡くなった近親者が検視され、その際にできた傷が「鋲」によって閉じられている。愛する人を失ったことの衝撃が、この「鋲」によって〈現実〉として顕現する。目を覆いたくなる景だ。ある賢者は「苛酷な現実」を同語反復だと言った。だとすれば、俳句はそもそも苛酷な文芸なのかも知れない。葉桜の瑞々しさだけがその現実の僅かな慰めとなっている。（『金輪際』二〇一八年九月刊行）**季語＝葉桜（夏）**

8日

薔薇の字を百たび書きぬ薔薇の季

永島靖子

「薔薇」というややこしい字を「百たび」も書くとは豪儀である。薔薇についての文章を執筆しているのか、それとも誰かに宛てた手紙を書いているのか。「薔薇」であるがゆえに、それはとても力強くエネルギッシュで、読む者に力を与えてくれる文章であるように思われる。それもこれも「薔薇の季（節）」だという、ただそれだけの理由だというのが魅力的だ。（『袖のあはれ』二〇〇九年九月刊行）**季語＝薔薇（夏）**

9日

戦争の幾度過ぎし麦畑　有馬朗人

夏になると「麦畑」は黄金色に色づき収穫の時期を迎える。この句では、どこまでも広がる「麦畑」の空間から、「戦争の幾度過ぎし」と、時間的なイメージを引き出している。この「戦争」は人類史にたびたび繰り返された数々の戦争だろう。無論、それは過去のものではなく、いま正に世界各地で起きている出来事であり、この「麦畑」は私たちのすぐ隣にある。（『鵬翼　四海同仁』二〇〇九年十一月刊行）**季語＝麦（夏）**

10日

川渡るなり白靴を捧げ持つ　今瀬剛一

「白靴」は、その見た目の涼しさから夏の季語となっている。この句は、「白靴」を脱いで手に持ちながら川を渡った、という。「捧げ持つ」に丁寧で慎ましい様子が見られ、「白靴」がとても尊いものに思えてくる。この川はきっと水の透き通った、初夏のせせらぎだろう。そうであって欲しい。実にさりげない句だが、「白」という色に深い奥行きを感じさせる。（『水戸』二〇一六年十月刊行）**季語＝白靴（夏）**

11日

ひきがへるバベルバブルと鳴き合へり　沢木欣一

旧約聖書に登場する「バベル（の塔）」は、天に達するほどの巨大な塔を建てようとした人類の思い上がりの象徴として知られている。また、「バブル（景気）」は、一九八〇年代から平成の初頭に崩壊するまでの日本の好景気で、これもまた人々の思い上がりを体現する出来事であった。時代も場所も違うふたつの出来事が、「ひきがへる」の声となって響き合う。

（『交響』一九九九年六月刊行）**季語＝蟇（夏）**

12日

ハンモック吊り忘れある俄か雨　三村純也

キャンプ場だろうか。突然の雨で、テントやタープがあたふたと撤収された。そこに吊ったままのハンモックが忘れられたまま残されている。「吊り忘れある」の表現が、ハンモックの持ち主の歓楽の感情そのものが置き去りになっているようで、過剰に哀れである。「俄か雨」といえど、ささやかな日常を奪う制御不能な自然の一部であるということを思い知らされる。（『常行』二〇〇二年八月刊行）**季語＝ハンモック（夏）**

13日

あめんぼの増えてほんとの雨になる

佐藤郁良

水たまりなどの水面に水の輪ができて、「雨かな?」と思ってよく見ると「あめんぼ」だった、という経験は誰にでもあるだろう。「ほんとの」という少し舌足らずな表現に、どこか子どもの話し言葉のようなイメージがあり、愛らしい。ちなみに「あめんぼ(水馬)」という名は、その体から飴のような匂いがすることに由来するためで、「雨」とは無関係である。(『海図』二〇〇七年七月刊行) 季語＝水馬(夏)

14日

人に振るハンカチいつか我に振る

中村正幸

「人に振るハンカチ」とは、去りゆく人にハンカチを振って別れを告げる場面か。そして「いつか我に振る」は、その人を見送ったのち、暑さをしのぐために、ハンカチで自分を扇いでいるのだろう。ふたつの所作の対比が面白い。それは「ハンカチ」の用途の違いという以上に、自己(我に振る)と他者(人に振る)とのアンビバレントな距離を表してはいないか。(『絶海』二〇一四年一月刊行) 季語＝汗拭ひ(夏)

15日

緑陰の笑顔そんなにさびしきか　齊藤美規

「そんなにさびしきか」は、「緑陰の笑顔」に対して呼びかけているのだろう。それはきっと、普段から親しい人物の「笑顔」に違いない。「緑陰」は、若葉の下の涼しい木陰を言う季語だが、その周辺には夏の強い日差しが広がっている。その夏の日差しのように、日頃は明るく活発な人物が「緑陰」の中でふと見せた笑顔に、強い「さびしさ」を感じたのである。（『白壽』一九九五年六月刊行）季語＝緑蔭（夏）

16日

美しき薬味に埋もれ初鰹　木暮陶句郎

「初鰹」は青葉の茂る季節に捕れる脂の乗った鰹のこと。その「初鰹」が「美しき薬味」に埋もれている。この「美しき薬味」とは、ニンニク、玉葱、葱、茗荷、生姜、大葉などであろうか。まるで脇役のはずの「薬味」たちが、ここでは主役の「初鰹」のお株を奪うように香り立っていて、青葉の清々しい季節にふさわしい。何をおいてもとにかく美味そうである。（『陶治』二〇二〇年二月刊行）季語＝初鰹（夏）

17日

夏潮のきこゆる合せ鏡かな　大嶽青児

おそらく、海の近くではあるものの、その海原は見えない場所にいるのだろう。夏の大海の潮の差し引きする音だけが聞こえている。しかも、目の前には「合せ鏡」があり、潮の音はその「合せ鏡」の中に、無限に広がっているようだ。「夏潮」だけが聞こえていて、「合せ鏡」に何が映っているのかが省略されているせいか、どことなく不吉な雰囲気を感じさせる。

(『笙歌』二〇〇七年七月刊行)　季語＝夏の潮（夏）

18日

灯心とんぼこころよせあひみな止まる　堀口星眠

「灯心とんぼ」は「糸蜻蛉」の別名で、体が糸のように細いトンボである。あんな細い体にもしっかりと「こころ」が存在する、という把握が魅力的だ。ここで「よせあ」う「こころ」とは、もちろん「灯心とんぼ」たちのものであるのと同時に、それを把握した作者自身の「こころ」も含まれているのではないか。すべての「こころ」がそこで「止まる」のである。

(『テーブルの下に』二〇〇九年八月刊行)　季語＝糸蜻蛉（夏）

5月

19日

雲は王冠詩をたづねゆく夏の空　仙田洋子

上五の「雲は王冠」とは大胆な措辞である。もちろん「雲」の姿や様子が「王冠」のようだ、という見た目の類似性もあるだろうが、むしろ厚く積み上がった夏雲がまるで権威の象徴のように感じられる、ということではないか。その「権威性」ゆえに、「詩をたづねゆく」には、「詩」の起源への探求心と、それに恭しくひれ伏すような精神の大きさを感じさせる。（『雲は王冠』一九九九年八月刊行）季語＝夏の空（夏）

20日

くれなゐを支へ切れずに薔薇崩る　黛まどか

「支へ切れずに」の語によって、上五の「くれなゐ」が物理的な質量（重さ）のようでもあり、忍耐力の限界を超える事象（困難さ）のようにも読めて、下五の「薔薇崩る」の意味を複雑にしている。それだけに、「薔薇」というものにとって「くれなゐ」というものが、その〈色〉であること以上に、重要な意味を持っているようにも感じられて、意味深長である。（『てっぺんの星』二〇一二年三月刊行）季語＝薔薇（夏）

21日

朋友を鳴らぬ草笛もて迎ふ　石田郷子

「鳴らぬ草笛」とは、もはや「草笛」ではなく、ただの「草」ではないか。しかし作者は、その「鳴らぬ草笛」をもって「朋友」を迎えるという。「鳴らぬ草笛」がもてなしの〈心〉の表現となり得るのは、それがふたりのあいだでのみ成立する、特別な背景があってこそである。つまり、それこそが「朋友」を「朋友」たらしめる、かけがえのないものなのである。（『草の王』二〇一五年九月刊行）季語＝草笛（夏）

22日

ちと云うて炎となれる毛虫かな　高田正子

毛虫は、樹木の葉を食べたり、人を刺したりするため、焼き殺して駆除される。それが、夏の季語「毛虫焼く」である。この句は、まさにその「毛虫焼く」の様子を詠んでいる。「ち」という最短のオノマトペが効果的で、「炎となれる」の表現によって、毛虫の死は一瞬の「炎」として昇華する。実に残酷でありながら、どことなく崇高さを感じさせる瞬間である。（『青麗』二〇一四年十一月刊行）季語＝毛虫（夏）

23日

一匹の蟻がてこずる蝶の翅　今井　豊

群れを離れた「一匹の蟻」が獲物を運ぶ様子が、「てこずる」の一語によって、どことなく人間的で、健気なものに感じられはしないか。「蝶の翅」は、蝶が死んでもなお美しく、それを運ぶ蟻の行動を支配している。この「蝶の翅」と「蟻」の関係性は、俳句と作者の関係にも似ている。作者はこの孤独な「一匹の蟻」に、自分自身を投影しているのかも知れない。（『草魂』二〇一一年六月刊行）**季語＝蟻（夏）**

24日

レース編む透き間だらけの日を繋ぎ　小檜山繁子

テーブルクロスやカーテンなどの透かし模様として編まれる「レース」は夏の季語。それを編む様子を、「透き間だらけの日を繋ぎ」と把握したのがユニークな句だ。レースを編む手元に差し込む陽の光が一旦ばらばらにされて、ふたたび白いレースと一緒に編み込まれていく。その様子は、まるで指先が太陽を操っているようでもあり、神聖な姿がイメージされる。（『流速』一九九九年二月刊行）**季語＝レース（夏）**

25日

噴水にはらわたの無き明るさよ　　橋　閒石

激しく噴き上がる水と吹き散る水飛沫が涼しげな「噴水」。そこに「はらわたの無き」とは、どうにもおどろおどろしい。「はらわた」の語が補助線となって、まるでこの「噴水」が、身体を持つ猛々しい獣であるかのようだ。それまでの噴水の屈託のない「明るさ」に、若干の生臭さと深い翳りが付け加わる。「噴水」の意外な一面が描き出されて、どきっとする。(『微光』一九九二年八月刊行) 季語＝噴水(夏)

26日

顕微鏡で覗く聖書に生えし黴　　田川飛旅子

聖なるものである「聖書」を、科学的なものである「顕微鏡」から覗く。その「聖」と「科学」の間にあるものこそが、俳句によって描き出されるものに他ならないのだが、この句では、それが「黴」だという。本来なら「聖書」の〈救い〉があるはずの場所に、「黴」が居座っている。それは、実に凡庸な出来事であり、同時にひどく神々しい出来事だとも言える。(『使徒の眼』一九九三年七月刊行) 季語＝黴(夏)

27日

大阪にいつもの雲や夏来たる　如月真菜

「大阪」は、東京に匹敵する日本の大都市だが、それは常に個性的で、独特の文化をもち、他とは少し異なるルールで動く、多面的な都市でもある。この句の「いつもの」は、そうした「大阪」の多面性に支えられた表現で、「いつもの雲」であると同時に、「ほかにはない雲」であろう。「夏来たる」に、快活でいつも懐かしい、「大阪」固有の活力を感じさせる。（『琵琶行』二〇二〇年九月刊行）季語＝立夏（夏）

28日

死の刻を待ち蚊柱を育てている　鈴木六林男

「蚊柱」は蚊が柱状に群集する現象。不穏で鬱陶しいものだが、作者はそれを「育てている」という。己の「死」から逆算するように、人生の残りの「刻」を数える作者は、「蚊柱」を見ながら、それと似た不穏さが心に育つのを感じているのではないか。人は、自己の存在の内に蠢く制御不能なエネルギーによって生かされ、死ぬまでそれから逃げることができない。（『雨の時代』一九九四年七月刊行）季語＝蚊（夏）

29日

白上布疲るることを許さざる　長嶺千晶

「上布」は薄地の良質な麻織物で、夏の暑さを凌ぐ着物地として好まれている。「白」という色の清らかさが、それを纏う〈私〉に「疲るることを許さ」ない。句のなかでは言及されない〈私〉の身体がそこにあることで、「白上布」に特別な力が与えられているかのようだ。それは、ともすれば疲れやすい〈私〉を励まし奮い立たせ、凜々しい自己たらしめている。(『白い崖』二〇一一年六月刊行) 季語＝上布(夏)

30日

金魚売消えて真水の匂ひかな　仁平勝

この句の「消えて」は、金魚売が「どこかへ行ってしまった」という以上に、その存在そのものが消滅したと読みたい。だとすれば、この「真水の匂ひ」は、もう取り戻すことのできない、不純物とでも言うべき〈存在の澱〉を失った、空虚な匂いだろう。それは確かに、そこに存在した。その「金魚売」が消える前の匂いは、懐かしい記憶の中にだけ残されている。(『黄金の街』二〇一〇年十一月刊行) 季語＝金魚売(夏)

31日

告げざる愛地にこぼしつつ泉汲む

恩田侑布子

この句は、上五を溢れる「告げざる愛」で切って読みたい。それは〈私〉の内をいまにも溢れんばかりの「愛」である。もちろんここで「地にこぼしつつ」なのは、泉の水のことだが、あたかもそれは、〈私〉をいまにも溢れだしそうな「愛」のようでもある。だが、その「愛」を「告げざる」限り、それは壺の中の泉の水のように、永遠に澄み渡り続けるのである。

（『夢洗ひ』二〇一六年八月刊行）季語＝泉（夏）

六月

1日

麦秋のどこまで眠りどこより死　　柳生正名

「悼大野一雄」と前書きがある。大野一雄（一九〇六年十月二十七日〜二〇一〇年六月一日）は、前衛舞踏で知られる舞踏家。「麦秋」の広がりに、どこまでが「眠り」でどこからが「死」なのか、という率直な問いを投げかける。そこには、意識と身体の境界に存在する決して知ることのできない時間がある。それは「眠り」と「死」が共存する崇高な一瞬なのだ。（『風媒』二〇一四年四月刊行）季語＝麦の秋（夏）

2日

遠目にも竿の長さは鮎を釣る　　清崎敏郎

言葉の繋がりがどことなく〈変〉だ。鮎を釣る主体である釣り人の姿が全く省略されているので、まるで「竿」が勝手に「鮎を釣る」みたいだ。だが、その〈変〉な省略が、不思議と大らかで風通しのよい印象を与えている。特に「長さ」という一語が、長いとも短いとも言わずに、その釣り竿の長さを際立たせる。言葉を極限までスリムアップしたユニークな一句。（『凡』一九九七年七月刊行）季語＝鮎（夏）

6月

3日

死ぬるまで百姓の顔更衣　本宮哲郎

「更衣」という季語は、夏に向けて軽く涼しい衣服に着替えるという、明るくて都会的な印象がある。ここでは、〈変化する〉季節に対して、「死ぬるまで百姓の顔」という〈変わらない〉ものが対比される。それは挿げ替えることのできない日に焼けた「顔」で、移り変わる季節の中で賑やかに生きる人々を、じっと見つめ返す、倫理的な「顔」なのである。（『日本海』二〇〇〇年七月刊行）季語＝更衣（夏）

4日

梅雨空や遺書書くまえに落書きす　大畑　等

人の時間が死へ向かって流れているのだとすれば、「遺書」を書くのは、前進する人生に従う行為だと言える。その「まえ」に「落書き」をするのは、そのような死へ向かう時間に抗う行為で、むしろそれは〈生きる〉ことそのものだ。この「落書き」には、〈生きる〉ことの〈尊さ〉と〈無為さ〉が共存する。梅雨空は陰鬱で、独特のうす暗さと匂いが感じられる。（『ねじ式』二〇〇九年二月刊行）季語＝梅雨空（夏）

5日

こゑの名残りを天心に梅雨の月　黒田杏子

「こゑの名残り」と「天心に梅雨の月」を、助詞の「を」が繋げる。この「を」によって、地上の「こゑ」は既に失われ、「梅雨の月」と共に天に連れられていったのだとわかる。だとすれば、この句の「こゑ」とは、地上に存在した死者の「こゑ」なのではないか。つまり人の〈生〉は「こゑ」であり、ここに詠まれたこの句もまた、生者の「こゑ」に他ならない。（『日光月光』二〇一〇年十一月刊行）季語＝梅雨の月（夏）

6日

緑蔭ににはとりの首浮びけり　武藤紀子

「緑蔭」は夏の緑の木陰。直射日光を避けた涼しさと、その影を生み出す外部の光の存在も感じられる。そこに「にはとりの首」が浮かんでいる。不吉だ。作者は「緑蔭」の外の日光の側からそれを見ているのだろうか。作者と「にはとりの首」の間の一定の距離は、両者を決定的に分け隔て、作者を現実から守っている。それはまるで、遠くの戦争を眺めるように。（『円座』一九九五年六月刊行）季語＝緑蔭（夏）

7日

あな踏みし華奢と音してかたつむり　文挾夫佐恵

「華奢（きゃしゃ）」は、姿かたちが繊細で弱々しく感じられる様子を意味する言葉。ユニークなのは、この句ではその「華奢」をオノマトペとして利用している点だ。かたつむりが「きゃしゃ（華奢）」と踏みつぶされるのも哀れだが、もともとのこの語の意味に含まれる上品で美しい印象も失われず、意味と音とが重なり合って一つのイメージを作り上げている。

（『白駒』二〇一二年十一月刊行）季語＝蝸牛（夏）

8日

六月や草より低く燐寸使ひ　岡本眸

周囲の草に対して姿勢を低くしながら燐寸を使っているのだろう。この燐寸の火は、生活のための火か。六月の湿度の高さ、草の熱気、さらに燐寸を点火したときの独特な火薬の匂いまで感じられて、作者の生活の様子や時間の流れを追体験しているように思えてくる。この句の「低く」は姿勢の低さであると同時に、この作者の生活の質朴さでもあるのではないか。

（『流速』一九九九年七月刊行）季語＝六月（夏）

9日

虹といふ大いなるものの影もたず

小川軽舟

この句はもちろん「虹」のことを詠んでいるのだが、一方で、その虹を見上げている〈私たち〉について詠んでいるようでもある。それはつまり〈影をもたない大いなる虹〉に対して、〈影をもつ素朴な存在としての私たち〉である。ずるずると影を引きずりながら生きる現実と、その度し難さ。それを影をもたぬ「大いなる虹」が見つめ返してくるようではないか。(『呼鈴』二〇〇一年九月刊行) 季語＝虹（夏）

10日

みづうみのみなとのなつのみじかけれ

田中裕明

「み」の頭韻が心地よい。短い音が連なることで、まるで水しぶきを浴びるようなリズムの良さを感じさせる。全てひらがなで記述することで、意味よりもむしろ音やリズムで読み手の内がわに滑り込んでくるような快感がある。一方で、あらためて意味に着目すると、「なつ（夏）」の「みじか（短）」さに一抹の寂しさが感じられ、忘れがたい一句となっている。(『夜の客人』二〇〇五年一月刊行) 季語＝夏（夏）

11日

葉の上に蛇の涎の光りけり

抜井諒一

葉の上に光るものがある。それは「蛇の涎」だという。そこにいたはずの蛇の姿はもう無い。この「涎」は、いったい何のためにここに残されたのだろう。まるで意味のないように感じるこの「涎」は、蛇がそこにいたことを唯一、意味する。ここには、何かが何かを「意味する」ことについての純度の高い「光り」がある。それはまさに〈言葉〉であるかのように。

（『真青』二〇一六年十月刊行）**季語＝蛇（夏）**

12日

皆小さくなりひまはりもその一つ

星野麥丘人

「皆小さくなり」とは、サイズの大きさではなく、「器量」あるいは「度量」といった、人間性の大きさを言っているように感じられないか。だとすると「ひまはりもその一つ」とは、あたかも向日葵を人間に見立て、その存在がこぢんまりしてしまったことを嘆いているようだ。それが向日葵という明るい花であることが、寂しくもあり、ややユーモラスでもある。（『小椿居』二〇〇九年一月刊行）**季語＝向日葵（夏）**

13日

太陽や目にいつぱいの暗い事態《チェルノブイリ》　三橋敏雄

無季の句である。「チェルノブイリ」とは、周知のとおり、一九八六年四月二十六日に事故を起こしたチェルノブイリ原発に他ならない。「太陽や」が原子力のエネルギーを想起させて強烈である。通常「暗い事態」とは、見えない姿で進行し、ある瞬間に、まさにルビとして振られた「チェルノブイリ」のように突如、具現化する。まさに現実の苛酷さの顕現である。

（『しだらでん』一九九六年十一月刊行）**季語＝なし（無季）**

14日

駿馬より輓馬親しき夏野かな　須賀一恵

「輓馬（ばんば）」とは、車両や農耕具を牽引する馬のこと。足が速く見目麗しい「駿馬（しゅんめ）」と異なり、「輓馬」は、大きな荷物や車両を牽きながら、重い足取りで着実に前進し、その地に確かな足跡と深い轍を残す。そんな「輓馬」がむせかえるような夏野をゆく姿に、作者はより親しみを感じている。その眼差しに、作者の生きる姿勢が重なり共感を覚える。

（『銀座の歩幅』二〇一六年九月刊行）**季語＝夏野（夏）**

15日

一本の柱を倒す祭かな　柿本多映

「一本の柱を倒す」という、意味があるのか無いのか定かでない行為が、「祭かな」と続くことで突として威厳ある光景に思えるから不思議だ。この「一本の柱」はいよいよ聖なる象徴として、それを倒しにかかる人々の熱気まで伝わるようだ。「一本の」とあるように、「祭」というものは、その行為が単純であればあるほど、より神秘性を帯びるのかも知れない。

（『花石』一九九五年三月刊行）**季語＝祭（夏）**

16日

やはらかきところは濡れてかたつむり　齋藤朝比古

「やはらかきところ」とは、殻の奥に隠れたかたつむりの身体のことだろうか。だとすると「濡れて」いるのは、生き物の体表のぬるぬるしたあの感触のことだろう。であるなら、それは人間にもあてはまるわけで、この「やはらかきところ」は、人間の内面であるとも想像できる。確かに人の心は濡れている。巡り巡って、そんな風に思えてくるから不思議な句だ。

（『累日』二〇一三年九月刊行）**季語＝蝸牛（夏）**

17日

翡翠をあつとこころはこえるなり　　阿部完市

「翡翠」は、夏の渓流などに生息し、青緑色の羽に長い嘴が特徴の小柄な鳥。その名の通り「翡翠の玉」に似た美しい鳥である。「あつとこころはこえるなり」の転がるような速いリズムが、その瞬間の感情を一息で包み込む。まるで、獲物へ向かって水面すれすれを飛ぶ翡翠のさらに上空を、「こころ」が飛翔体となって一瞬で追い越して行くようで、実に見事だ。(『軽のやまめ』一九九一年七月刊行) **季語＝翡翠(夏)**

18日

つまみたる夏蝶トランプの厚さ　　髙柳克弘

「夏蝶」といえば「揚羽蝶」。春の蝶と比べ、大きく黒々とした翅が特徴的だ。その「夏蝶」をつまんだ指先に、無機質な「トランプの厚さ」を感じ取ったところに、作者の冷然とした心の動きを感じる。その一方で、さらにその指先は、「トランプ」の光沢ある紙質や、しなやかな弾力まで感じ取っているようでもある。シンプルだが深い感性に裏打ちされた一句。(『未踏』二〇〇九年六月刊行) **季語＝夏の蝶(夏)**

19日

太宰忌や鰺の叩きを鰺に乗せ　　小林貴子

今日は「太宰忌」。玉川上水で入水自殺した太宰治の遺体が発見された日。奇しくもこの日は、彼の誕生日でもあった。中七下五が直接的に太宰と関連するのかどうかは不明だが、「鰺の叩きを鰺に乗せ」と「鰺」が反復されるのが面白い。そのしつこさが、どことなく太宰の性格に通じるようにも感じられないか。「鰺」のてらてらと脂の乗った光が印象深い一句。（『黄金分割』二〇一九年十一月刊行）季語＝桜桃忌（夏）

20日

穀象に或る日母船のやうな影　　岩淵喜代子

「穀象」はオサゾウムシ科の体長二～三ミリの甲虫。米櫃などに潜む害虫で、鼻先が象のように突き出しているためにこの名がついた。「母船のやうな影」は、文字通り「母」の影から生み出された喩えであると読みたい。「穀象」という小さな厄介者に対して、「或る日」の母の影を「母船」のように感じた。なつかしさと包容力に満ちた豊かなイメージが広がる。（『穀象』二〇一七年十一月刊行）季語＝穀象（夏）

21日

夏至の日の水平線のかなたかな　　陽　美保子

夏至は一年で最も昼の時間が長い日。はるか「水平線」に向けて、陽光に満ちた昼の時間が満ち満ちている――そんなエネルギッシュな印象を受ける。一本の水平線が空と海をくっきりと分け隔ててはいるが、その向こうには、まるで世界の補助線のように「かなた」が広がっている。「夏至の日」だからこそ、そんな「かなた」を感じさせるのではないか。（『遥かなる水』二〇一一年六月刊行）**季語＝夏至（夏）**

22日

頬杖という杖ふくよかに沙羅の花　　澁谷　道

「沙羅の花」は夏椿の別名。椿に似た白色の花を開く。「頬杖という杖」と「杖」が反復されることで、この「頬杖」が支える顔の重さや「ふくよか」さが、より立体的に感じられる。さらに「ふくよかに」の「に」は、句のリズムを軽く切りつつ下五にも係っており、それによって「沙羅の花」のふっくらとした白さが、何とも言えない幸福感として広がってくる。（『紅一駄』一九九四年四月刊行）**季語＝沙羅の花（夏）**

6月

23日

間取図に手書きの出窓夏の山　広渡敬雄

家を建てる。そこは、「夏の山」が見える広々とした自然豊かな土地か。予定している家の「間取図」に、「ここに出窓があったらいいな」と、手書きで「出窓」を書き足した。その望みが決定される前の手書きで書かれた「出窓」は、「夏の山」を眺めることのできる位置にある。まだそこにない「出窓」は、想像の窓でありながら、想像以上の窓のように思える。（『間取図』二〇一六年六月刊行）**季語＝夏の山（夏）**

24日

はんざきの尾は常闇に垂れてをり　角谷昌子

「はんざき」は、山椒魚のこと。「はんざき」の湿った尾が「常闇」に垂れている。「常闇」は〈永遠の闇〉を意味するが、それは光が足りないのではなく、むしろそれ以上の〈無〉や、あるいは〈死〉の気配さえ孕んだ、絶対的な深さの「闇」であろう。この句はまるで、「はんざき」がいままさに「常闇」から這い出してきた瞬間であるようにも感じられないか。（『地下水脈』二〇一三年九月刊行）**季語＝山椒魚（夏）**

25日

人生の輝いてゐる夏帽子　深見けん二

「輝いてゐる」のは「夏帽子」である。「人生の」は「の」で軽く切れ、句全体を包み込んでいる。「人生」という語は、人が生まれてから死ぬまでの長い時間を示しているようだが、現実の私たちの〈生〉は、いまこの一瞬にしか存在しない。それは、長いのっぺりとした時間ではなく、過去も現在も、かけがえのない瞬間に凝縮されているものなのかも知れない。

（『菫濃く』二〇一三年九月刊行）季語＝夏帽子（夏）

26日

物陰にあり薔薇園の竹箒　小島　健

「薔薇園」の艶やかさ。その物陰にある「竹箒」は、まるで「薔薇園」に奉仕する平凡さの象徴のような印象を与える。だが一方で、さまざまな色と種類の薔薇が咲き誇る薔薇の王国に、唯一の亀裂を与える特別な存在でもあるようだ。この句では、むしろこの「竹箒」が主役であると思う。そこは「物陰」でありながら、「薔薇園」のはじまる場所なのではないか。（『蛍光』二〇〇八年八月刊行）季語＝薔薇（夏）

27日

水中のものよく見えて更衣

川口真理

水中のものが「よく見え」るようになったのは、水の透明度が変わったのか、それとも眼の見え方が変わったのか、あるいは、水と眼とのあいだの光の具合が変化したのか。いずれにせよ、そこには何かしらの〈変化〉があって、それが「更衣」の季語に集約される。それは、季節の移り変わりに、五感がのびやかに解放され、些細な世界の変化が見えるということ。(『双眸』二〇一四年八月刊行) 季語＝更衣（夏）

28日

断崖に丸き地球を見て涼し

稲畑廣太郎

長く切り立った「断崖」。だが、それも考え様によっては、「丸き地球」の大いなる弧の中の、ごく小さな段差でしかないのかも知れない。そんなゆったりとした、大らかな視座においては、「断崖」という険しい地形すら、平凡な風景のひとつに過ぎない、と思い知らされる。「涼し」の季語に、どこか一筋縄ではいかない、達観した老獪なまなざしが感じられる。(『八分の六』二〇〇九年十月刊行) 季語＝涼し（夏）

29日

正面をはづして滝を仰ぎけり　藤本美和子

「滝」を、その「正面」からではなく、それより少しずれた位置に立ち、仰ぎ見ている。それだけのことだが、その「はづ」されてぽっかりと空いた「正面」という空間に、〈私〉とは別の見えない誰かが立っているようでもある。〈私〉は、その誰かに「正面」の位置を明け渡した。そのちょっとした身振りが、この「滝」に何とも言えない神々しさを与えている。（『藤本美和子句集』二〇一二年三月刊行）季語＝滝（夏）

30日

まつすぐに汐風とほる茅の輪かな　名取里美

「茅の輪」とは陰暦六月晦日の名越の祓に用いる、萱や藁で作られた大きな環。これをくぐると病災を避けることができる、という。「汐風とほる」とあるから、この句の〈私〉は、茅の輪の向こうに広がる海から吹いてきた、少し肌にべたつく「汐風」を感じているのだろう。「まつすぐに」による、海と「茅の輪」と〈私〉のきれいな一列の構図が魅力的な一句。（『家族』二〇一〇年九月刊行）季語＝夏越（夏）

七月

1日

七月の天気雨から姉の出て　あざ蓉子

空は晴れている。七月の明るい空。そこに「天気雨」がぱらぱら降りだす。「きつねの嫁入り」とも呼ばれるそんなちょっとひねくれた天気に、唐突に「姉」が出て来る。なんだかこの「姉」は、はっきりしない輪郭をもち、どこか無遠慮で、なんとも胡乱げだ。そんな奇妙な「姉」の登場が、「もしかしたら彼女はきつねなのかも？」などという詮ない想像を誘う。（『天気雨』二〇一〇年十月刊行）季語＝七月（夏）

2日

ひまはりのこはいところを切り捨てる　宮本佳世乃

「ひまはりのこはいところ」とはどこか。あんなに明るい花に。だが、私たちに「ひまはり」の明るさしか見えていないとしたら、どうだろう。もしかしたら、見えている「ひまはり」の明るさ以外のすべてが、「こはいところ」なのかも知れない。そんな「こはいところ」は「切り捨てる」し、すでに十分に切り捨てられているし、初めから無いものとされている。（『鳥飛ぶ仕組み』二〇一二年十二月刊行）季語＝向日葵（夏）

3日

刃物屋に川風とどく祭かな　奥坂まや

「刃物屋」には、磨き上げられた包丁がぎらぎらと並んでいる。「川風とどく」とあるので、川は少し離れたところにあり、川の匂いだけが風に運ばれてくるのだろう。その川は町の大事なシンボルで、そこには川の神様が住んでいる。町ではその神様に感謝する祭が執り行われている。「川風」がまるで神からの恩寵のように、市井の人々を穏やかに包み込んでいる。（『縄文』二〇〇五年三月刊行）季語＝祭（夏）

4日

金魚連れ帰る家々よく見せて　阪西敦子

夜祭りの帰りだろうか。金魚掬いで得た金魚を透明の袋に入れて自分の家に「連れ帰る」。その帰り道で、金魚に「家々よく見せて」ゆくという。これから一緒に暮らす金魚に、しみじみと自分の住む町の生活の空気を染み込ませているような、少し謎めいた不思議な行為だ。それが〈私〉と「金魚」との、これからの生活を予感させるようで、なんだか微笑ましい。（『天の川銀河発電所』二〇一七年九月刊行）季語＝金魚（夏）

5日

遠まわりでも迷ってはいない蟻　山﨑十生

この句は、上五「遠まわり」の下に切れを置いて読みたい。つまり「遠まわり／でも迷ってはいない蟻」。この切れによって、最初は蟻の軌道を俯瞰的に見ていた視点が、中七下五では蟻自身の視点に切り替わり、「迷ってはいない」という、蟻自身にしか分かるはずのない視座を獲得する。「蟻」という対象の眼に〈成り代わる〉こと、それがこの句の魅力である。（『悠悠自適入門』二〇一二年四月刊行）季語＝蟻（夏）

6日

天皇の白髪にこそ夏の月　宇多喜代子

「天皇」という語は、特定の人物を指し示しているのか、それともある地位を表す称号なのか。この〈個人〉と〈称号〉とが一つの肉体を共有しているということ――そこに戦後の「象徴天皇」という語がもつ政治的な複雑さがある。「白髪」を「こそ」の係助詞で強調し、下五に「夏の月」を配することで、そのような複雑さを複雑さのままに、輪郭を縁取っている。（『夏月集』一九九二年一月刊行）季語＝夏の月（夏）

7日

木から木へこどものはしる白雨かな　飴山 実

「白雨」とは、突然激しく降りだしてすぐに止んでしまうにわか雨のこと。激しく降る雨の縦の直線に対して、「木から木へ」の「木」も杉や檜のような高木をイメージしたい。空間を埋める「木」と「雨」の縦の直線を、「こども」が一直線に横移動する。シンプルな縦と横の構図が見事だ。中七「こどものはしる」がひらがな表記なのも、印象を美しくしている。（『次の花』一九八九年六月刊行）季語＝夕立（夏）

8日

見えてゐる水鉄砲の中の水　山口昭男

水鉄砲は、その名の通り「鉄砲」に見立ててある。最近の水鉄砲は、色のついたプラスチックで「拳銃」のかたちをしていたりする。上五に敢えて置かれた「見えてゐる」の語は、どことなく〈見えてしまった〉のニュアンスを感じさせないか。「水鉄砲の中の水」が〈見えてしまった〉ことで、愉快な水遊びの一瞬にふと現実的な影が差し込む。ただごとではない。（『木簡』二〇一七年五月刊行）季語＝水鉄砲（夏）

9日

滝を見て帰れば母の泣いてをり　辻内京子

川の水が激しく流れ落ちる「滝」と、泣いている母の目から流れ落ちる〈涙〉との形式的類似性も然ることながら、その間の感情にも注目したい。「滝」という自然の偉大な力に対して、〈涙〉は弱々しい小さな水の流れに過ぎないが、それが「母」のものであることで、その感情は多層化され、特別なものになる。いわばこの句は「特別な母」を発見した句なのだ。（『遠い眺め』二〇一九年七月刊行）季語＝滝（夏）

10日

露地裏を夜汽車と思ふ金魚かな　攝津幸彦

「露地裏」のうす暗さと、「夜汽車」がもたらす暗闇。そこに置かれた鮮やかな「金魚かな」の下五が見事である。末尾の「かな」の切れ字を尊重し、「思ふ」のは金魚である、と読みたい。この「思ふ」があるために、「金魚」の主体が前景化する。「思ふ」によって、句に地と図が生じ、イメージが多層化する。まるで飛び出す絵本のような不思議な一句である。（『陸々集』一九九二年五月刊行）季語＝金魚（夏）

11日

舟虫の化石にならぬため走る　大石雄鬼

「舟虫」は、海岸や岩礁などに棲む黒褐色の虫。群れで行動し、人が近づくと霧散して、岩場の陰に隠れてしまう。「化石にならぬため走る」は、「舟虫」の見た目にふさわしい措辞だ。この「走る」は、彼らを「化石」にしようと迫りくる〈時間〉から逃げているようでもある。立ち止まれば、「化石」になってしまう。その必死な様子が健気でユーモラスである。（『だぶだぶの服』二〇一二年九月刊行）**季語＝船虫（夏）**

12日

螢死んで牛乳びんとなりにけり　五島高資

捕まえた「螢」を「牛乳びん」に入れている。瓶のなかで光る「螢」を眺めて楽しんでいたが、ある日その「螢」が死んでしまう。その途端、「螢」を入れていた瓶が〈ただの〉牛乳びんになってしまったのだ。それまで見えていなかった「牛乳びん」の思いがけない前景化。この視線の二重化が、それまで見えずにいたものが見えるようになった目を驚かせるのだ。（『五島高資句集』二〇〇四年九月刊行）**季語＝螢（夏）**

13日

プールの底のおのが影へと潜りゆく　松尾隆信

この句の眼目は、〈私〉から生まれたもの（おのが影）が、〈私〉の目指すべき外的な目的地となり、その行為（潜りゆく）に動機付けを与えている、という、その再帰的な構造にある。もちろん、その目的地に到達してしまえば、「おのが影」は〈私〉と重なり合って消えてしまう。「潜りゆく」という、ただそれだけの行為に、象徴的な意味が生じる瞬間である。（『弾み玉』二〇一六年十月刊行）季語＝プール（夏）

14日

いろいろな泳ぎ方してプールにひとり　波多野爽波

「いろいろ」から始まって、「ひとり」で終わる。真っ青なプールで「いろいろな泳ぎ方」を試みる、その浮遊感。そんな「いろいろな泳ぎ方」が「ひとり」の内に収斂されているところに、この句の豊かなイメージが存する。「ひとり」でも、ちっとも淋しい感じがしない。「いろいろな泳ぎ方」のおかげだ。この句の〈私〉は「ひとり」の楽しみ方を知っている。（『一筆』一九九〇年十月刊行）季語＝プール（夏）

15日

海の闇はねかへしゐる裸かな

大木あまり

潮風吹く、夜の海の深い闇からは、どんよりとした柔らかい印象を受ける。また、下五の「裸かな」は、海に生きる者の、日に焼けた逞しい裸の上半身か。この柔らかな「海の闇」と弾力ある「裸」の関係が、中七の「はねかへしゐる」で一気に硬質な感触に変わる。闇の向こうの「海」が、まるでプラチナのような質感で迫って来る。すばらしい中七だと思う。（『雲の塔』一九九三年六月刊行）季語＝裸（夏）

16日

裸子がわれの裸をよろこべり

千葉皓史

夏の猛暑のなか、涼し気に戯れる「裸子」。その父である「われ」もまた、上半身裸で涼んでいる。親子が、同じ夏の暑さを共有しつつ、父の「裸」をよろこぶ「裸子」の姿に、束の間の幸福を感じている。時が経てば、この「裸子」も大人になる。この子のよろこぶ姿を、いまこの瞬間のかけがえのないものとして、父である「われ」もまた、よろこんでいるのだ。（『郊外』一九九一年九月刊行）季語＝裸（夏）

17日

泳ぎ来て空青きことばかり言ふ　明隅礼子

泳いで来たのに、水の青さではなく、「空」の青さのことばかりを言う。つまり「泳ぎ来て」は、ほとんど〈背泳ぎ〉だったのではないか。そう思うと、一心不乱に泳いできたというより、ゆったりと空を眺めながら、ぷかぷかと流されてきたのかも知れない。で、陸に上がってから、空の青さを切々と語っている。なんだか、力の入れどころがずれていて、愉快だ。（『星槎』二〇〇六年九月刊行）季語＝泳ぎ（夏）

18日

夏を澄む飾りあふぎの狗けもの　安里琉太

「飾りあふぎ（扇）」は部屋に飾りとして置く扇。「狗」は仔犬のこと。「狗けもの」は、この扇に描かれた絵であろう。上五の「夏を澄む」は見慣れない表現だが、それによって、透明で厚みのある夏の空気感が醸し出される。扇に描かれた「狗けもの」らが、扇から抜け出して、踊りだしそうな気配まで感じさせる。どこか鳥獣戯画を思わせる、賑やかな世界観。（『式日』二〇二〇年二月刊行）季語＝扇（夏）

19日

船上に花火見てゐるこんな日も

星野　椿

「こんな日」とはどんな日だろう。「船上に花火」の明るく鮮やかな印象に対して、「こんな日も」には「こんな日でさえも」というやや寂しげなニュアンスが感じられる。すごく悪い日ではないが、特に良い日でもない。何ごともない普通の日。そんな普通の日が繰り返される平凡な人生。そう思うと、この船上の花火が、かけがえのない特別なものに思えてくる。（『金風』二〇一一年一月刊行）季語＝花火（夏）

20日

喧嘩してひとり浮輪で浮いてをり

坊城俊樹

この句は「ひとり」と言いながら、どこか〈ふたり〉いる気配がある。「喧嘩して」は、普段は喧嘩することのない親しい人物との喧嘩か。プールあるいは海で、ぷかぷかと呑気に「ひとり浮輪で浮いて」いるように見えながら、実は心のなかで、喧嘩した〈彼／彼女〉のことを考えている。「喧嘩して」によって、思いも寄らず落ち着かない時間がもたらされる。（『壱』二〇二〇年十一月刊行）季語＝泳ぎ（夏）

21日

水を見てゐて沢蟹を見失ふ　対中いずみ

水のなかの「沢蟹」を見ている。ところが「水」と「沢蟹」が重なり合って、両方を同時に見ることができない。その「両方を同時に見ることができない」ということが、それを見る〈私〉に大事なことを教えてくれる。それは、その目が何を見たがっているか、だ。この句では「沢蟹」がその視線を「水」に導いた。〈私〉の目が見たかったもの、それは「水」だ。（『水瓶』二〇一八年八月刊行）季語＝蟹（夏）

22日

もう少しの力空蟬砕けるは　寺井谷子

壊れやすい「空蟬」を手にし、それによって普段は意識することのない己の「力」を自覚している。いま、その「力」の目盛りは、「空蟬」を砕く寸前のぎりぎりのところにあり、気分次第で、ほんの少し「力」を加えれば、この「空蟬」を砕くことができる。そんなささやかな万能感に、ふと己が意識していなかった暴力性を感じ取り、それを持て余しているのだ。（『母の家』二〇〇六年四月刊行）季語＝空蟬（夏）

23日

人来ては覗く大暑の柩窓　　林　徹

本日は大暑である。「大暑」は二十四節気の一つで、一年で最も暑い日とされる。そんな大暑の日の葬儀か。生者にとって「窓」は、主に内から外を覗くものだが、この句の「柩窓」は、外から内を覗くためのものだ。「柩窓」の内とは、死者の顔のさらに内側だ。〈彼〉をあたかも生者のように、その人生の奥底を覗き込みながら、人々は最後の別れを告げるのだ。（『飛花』二〇〇〇年二月刊行）季語＝大暑（夏）

24日

向日葵の匂ひが詩学である世紀　　林　桂

「詩」は抽象的な言葉だが、「詩学」となるとその時空に一定の広がりを感じさせる。「向日葵の匂ひ」に、そうした広がりが与えられることで、この「向日葵」が歴代の詩人たちの朗らかな代理者であるかのような、奇妙な主体が起ちあがる。さらに「世紀」は、その一定の時空を超えて、もはや「時代」の水準にまで達し、見通せないほどの遥かさを感じさせる。（『ことのはひらひら』二〇一五年三月刊行）季語＝向日葵（夏）

25日

色鯉も曝書もしづか午後一時　大峯あきら

「色鯉」は、赤、黄、白、黒、青など色をもつ観賞用の鯉。「曝書」は、梅雨明けの晴れた日などに、書物を陰干しすること。「色鯉」と「書物」が、「午後一時」という同じ時間を「しづか」に共有している。これは、それぞれが、それぞれの〈居場所〉を得た、安らぎに似た〈静けさ〉だろう。「色鯉」の鮮やかさが、その〈静けさ〉にそっと彩りを与えている。（『宇宙塵』二〇〇一年十月刊行）季語＝虫干（夏）

26日

自動ドアひらくたび散る熱帯魚　岡田由季

たとえば喫茶店で人を待っている。「ひらくたび散る」とあるので、それなりの長い時間、待たされているのだろう。約束の時間はとうに過ぎて、店の入り口の自動ドアをぼーっと眺めている。そんなぼんやりした待ち時間に、ふと「熱帯魚」の動きの〈法則〉を見つけてしまった。もしかしたら、知られざる世界の秘密に、自分だけが気づいてしまったのかも知れない。（『犬の眉』二〇一四年七月刊行）季語＝熱帯魚（夏）

27日

仰向きて泳げば蒼き天深し
大輪靖宏

海を泳ぎながら、ふと「仰向き」になった瞬間、眼前の「蒼き天」をまるで見下ろすかのように「深く」感じた。この海と空との入れ替わりが、まるで世界全体が覆ってしまったかのような、ダイナミックな視点の転換を生んでいる。それと同時に、心の在り方までもがひっくり返ったようでもあり、この蒼天の「深さ」は自分自身の心理の深さでもあるかのようだ。

(『夏の楽しみ』二〇〇七年三月刊行) 季語＝泳ぎ(夏)

28日

ダム夕焼け北がなくなるかも知れぬ
中原幸子

「ダム」の圧倒的な存在感。「夕焼け」がその巨大な存在のすべてを焼き尽くしてしまうような、ただならぬ緊張感が感じられる。「北」という方角が、まるで大きなひとつの〈主体〉であるかのように詠まれているのがユニークだ。「夕焼け」は西の方角だが、それが燃え移って、なぜか「北」が消えてしまうのだとすると、「北」にとっても実に災難な話である。(『以上、西陣から』二〇〇六年七月刊行) 季語＝夕焼(夏)

29日

桃の木の脂すきとほる帰省かな

山西雅子

「桃」と言えば、春に咲く「桃の花」、そして秋に実る「桃の実」である。「桃の花」の季節が過ぎ、「桃の実」の季節はまだ訪れない、そんな夏の時期に、この句の主人公は「帰省」した。故郷の「桃の木の脂（やに）」が「すきとほる」のを見て、自分が故郷を離れている間も、確かに花を咲かせ、実を実らせる、「桃の木」の〈いのち〉を感じているのだろう。（『沙鷗』二〇〇九年八月刊行）季語＝帰省（夏）

30日

坐り空海そばに体操する蟹よ

安井浩司

「空海」（七七四年—八三五年）は平安時代の僧。「弘法大師」とも呼ばれ、中国から真言密教をもたらした。「坐り空海」は、その空海が座っている姿か。そのそばで「体操する蟹」が魅力的だ。まるで、仏教的な寓話の一場面のようだ。日本人の生活の隅々にしみわたる「弘法様」のちからが、「蟹」にまで及んで「体操」させてしまうのが、なんだか可笑しい。（『宇宙開』二〇一四年三月刊行）季語＝蟹（夏）

31日

油照逃げ場なきこと空気にも

宮津昭彦

「油照」とは、風がなく、日がじりじりと照り付ける蒸し暑い夏の日のこと。その暑さから、「空気」ですら逃げ場所が無い。「にも」とあるので、まず逃げることのできない〈私〉がいて、さらに「空気にも」なのだろう。この「逃げ場なき」は、暑さからの「逃げ場」であると同時に、人間一般の、追い詰められた「逃げ場」の無さであるようにも、感じられる。（『遠樹』一九九七年八月刊行）季語＝油照（夏）

八月

1日

幸せのぎゆうぎゆう詰めやさくらんぼ　嶋田麻紀

手放しで「幸せ」を詠んだように見えるが、重要なのは切れ字「や」の位置だ。つまり、句の焦点は「幸せ」ではなく、「幸せのぎゆうぎゆう詰め」にある。その「幸せ」は〈いま〉という一瞬の出来事で、「さくらんぼ」をひとつ食べるたびに、ひとつ分ずつの隙間ができ、やがて失われてしまうものなのだ。かけがえのない幸福の瞬間を深く捉えた一句だと思う。

（『風ぐるま』一九九三年九月刊行）　**季語＝桜桃の実（夏）**

2日

板壁に牛飼の遺書やませ吹く　中嶋鬼谷

「やませ」は、北海道や東北地方に吹く、冷たく湿った東よりの風。掲句は、二〇一一年の福島第一原発事故後に自死した相馬市の酪農家が、新築の堆肥舎の壁に書き残したメッセージをモチーフにしている。ともすれば、時代の流れのなかで忘れ去られてしまう事件が、このような一句に記されることで、消すことのできない出来事として歴史のなかに刻印される。

（『茫々』二〇一九年四月刊行）　**季語＝やませ（夏）**

3日

蟇轢かれやがていつもの土となる　安西　篤

この句の主役は「いつもの土」である。轢かれて死んだ「蟇」が、時間の経過とともに形を失い、土の上の染みとなり、いつしか「いつもの土」に吸収されてしまう。この「いつもの土」は、まるで何ごとも無かったかのようにそこに〈ある〉が、それはこの「蟇」の死のように、もう思い出せないほどの出来事が積み重なって生み出した、諸行無常の姿なのである。（『秋の道』二〇一三年三月刊行）**季語＝蟇（夏）**

4日

打水の宙をよぎりしもの濡らす　駒木根淳子

この「宙をよぎりしもの」は、「打水」以前から単独で存在した具体的なもの（虫とか、鳥とか）ではない。それは「打水」によって顕れた。言い換えれば、「打水」が生み出した、「打水」の一部である。水を打つ瞬間の、宙を流れる水の姿や、重さ、そして輝きが、「宙をよぎりしもの」を見えるようにしたのだ。ものが〈見える〉とはそういうことなのだろう。（『夜の森』二〇一六年十一月刊行）**季語＝打水（夏）**

5日

俺といふ人来て座る箒草　　森賀まり

「俺といふ人」は、自分を「俺」と呼ぶ人だろうか。ちょっと不遜で威張った印象を受けるが、その人が「来て座る」様子に、ほのかな親しみある〈近さ〉が感じられる。それは〈頼もしさ〉とでも言おうか。「箒草」は「ホウキグサ」で、「帚木（ははきぎ）」のこと。硬い枝や茎から「箒」がつくられる。その質感が、この人物の感触と似ていなくもない。（『瞬く』二〇〇九年九月刊行）季語＝帚木（夏）

6日

原稿紙の升目原爆忌では埋めぬ　　相原左義長

まだ何も書かれていない「原稿紙」。そのひとつひとつの白い「升目」を、「原爆忌では埋めぬ」という。この「原稿紙の升目」は、いわばこれから何でも自由に書くことのできる〈未来〉の象徴でもある。この下五の「埋めぬ」に、作者の並々ならぬ強い意志を感じる。作者は十九歳のときに広島で被爆。代表句に〈ヒロシマに遺したまゝの十九の眼〉がある。（『地金』二〇〇四年十二月刊行）季語＝原爆の日（夏）

7日

鍵束に覚えなき鍵星迎え　花谷　清

「星迎え」とは七夕のこと。七夕は陰暦七月七日。新暦だと梅雨の時期と重なることもあり、月遅れの今日を七夕の祝いとする地域も多い。そんな七夕の日に、普段は何気なく持ち歩いている「鍵束」の「鍵」のひとつひとつを確かめているのか。そこに「覚えなき鍵」を見つけ、ふと意識下の自己と見つめ合う瞬間を得た。どことなく七夕らしい感慨の一句である。（『森は聖堂』二〇二一年五月刊行）季語＝星合（秋）

8日

断崖立秋その突端にいつまでゐる　中嶋憲武

「立秋」である。空高く、澄み渡る空気。まだ暑さも厳しい季節。「断崖」があり、人が立っている。「その突端にいつまでゐる」は誰の声だろう。上五の切れを尊重し、「断崖」を見る視線は、中七下五において、断崖に立つ主体の位置に移動している、と読みたい。〈私〉は断崖に立っている。「その突端にいつまでゐる」と、〈私〉自身に呼び掛けられながら。（『祝日たちのために』二〇一九年七月刊行）季語＝立秋（秋）

9日

原爆忌折鶴に足なかりけり　八田木枯

この折鶴は「原爆忌」に折られた千羽鶴だろうか。この句は、その「折鶴」を命あるものとして見立て、その欠落した「足」に焦点をあてる。それは不気味で、不安な「足」だ。「足なかりけり」は、原爆で失われた〈命〉たちを補助線とすることで、改めて明らかにされたものである。この「足」は永遠の〈不在〉として、いつまでも私たちにまとわりついてくる。（『鏡騒』二〇一〇年九月刊行）季語＝原爆の日（夏）

10日

行き倒れし者蟋蟀に跳び乗らる　堀本裕樹

起きていることはなかなかに壮絶だが、句としてはそこはかとなくユーモラスである。それは「跳び乗らる」と受動態で書かれているからか。「行き倒れし者」がいまにも、むくっと起き上がりそうな雰囲気がある。もちろん、この「行き倒れし者」は無言で倒れているのだが、そこに跳び乗った「蟋蟀」は、そんなことお構いなしにコロコロコロと鳴き続けているのだ。（『熊野曼陀羅』二〇一二年九月刊行）季語＝蟋蟀（秋）

8月

11日

隠岐はるか砂丘を秋の風わたる　栗田やすし

隠岐の島は、島根半島の北に位置し、承久の乱の後鳥羽院など古くから遠流の島として知られる。この句の「砂丘」は鳥取砂丘か。「隠岐はるか」とあるので、この「秋の風」は「砂丘」を越え、海を渡りやがて「隠岐」へ至るのだろう。それは物理的な〈距離〉であると同時に、歴史的な〈時間〉の「はるか」さだろう。はるばると遠流となった魂を思うのである。（『海光』二〇〇九年三月刊行）季語＝秋風（秋）

12日

匂ひけり桃の比良坂緋の参道　竹岡一郎

「比良坂」は黄泉比良坂で、現世と死後とをつなぐとされる坂道のこと。桃の「匂ひ」から、黄泉比良坂へとイメージが飛躍し、さらに下五の「緋の参道」で「匂ひ」の嗅覚から、「緋（色）」の視覚へと感覚が転換する。このスピード感ある展開が魅力的だ。さらに上五を「匂ひけり」と大胆に切ることで、句全体が匂い立つような、妖艶な印象をもたらしている。（『ふるさとのはつこひ』二〇一五年三月刊行）季語＝桃の実（秋）

13日

蟷螂の影向きかはる障子かな　甲斐由起子

身じろぎしない「蟷螂」。下五の「障子かな」によって、日の光を透過する清白な「障子」が見えてくる。その明るさの中で、しばらく「蟷螂」を見つめていると、ふとその影の向きが変わっているのに気付いた。この〈静かな時間〉の発見がこの句の眼目である。そして、その〈静かな時間〉の流れは、この「障子」によって支配されているようにも感じられる。（『雪華』二〇一二年七月刊行）季語＝蟷螂（秋）

14日

独り占めか一人ぼっちか大花野　金子　敦

「花野」は秋の草花が咲き満ちた野。大きな「花野」に一人で立っている景か。「独り占め」と「一人ぼっち」が対立するようで、実はどちらも「ひとり」である点に変わりはない。「独り占め」の暴力性、「一人ぼっち」の孤独さ、いずれも「大花野」に包まれると、ささやかな点景になってしまう。「独り／一人」と表記を微妙に使い分けているところも心憎い。（『音符』二〇一七年五月刊行）季語＝花野（秋）

8月

15日

敗戦日ジンベエザメを下から見て　遠山陽子

「ジンベエザメ」は、大きなものだと体長が十八メートルにもなる、世界最大の魚類だという。だが、その巨体に似合わず、プランクトンを主食とし、危険性は低い。その緩慢な泳ぎを「下から見て」いる。巨大な体軀の一部だけが見えていて、全体が見えていないことが、「敗戦日」と不思議に響き合う。「ジンベエザメ」の白い腹が不気味な存在感で迫ってくる。

（『弦響』二〇一四年六月刊行）季語＝終戦記念の日（秋）

16日

聞きとめて邯鄲の野となりにける　須原和男

「邯鄲」はコオロギ科の昆虫。体長は十五ミリほどで、淡い黄緑色の体をしている。雄はルルルと儚げに鳴く。それまで何気なく聞こえていた邯鄲の鳴き声が、上五の「聞きとめて」によって、思わぬ広がりとなって〈私〉を包み込む。周囲に邯鄲の声が広がる。それは不意にもたらされた豪奢な瞬間である。その広がりは、まさに「邯鄲の野」と呼ぶにふさわしい。（『五風十雨』二〇一六年五月刊行）季語＝邯鄲（秋）

17日

足場から見えたる菊と煙かな

永末恵子

工事現場だろうか。高所に組まれた「足場」に立つと、普段は同じ視野に収まることのないものが、ふと同時に見えた。それが「菊と煙」だったことが興味深い。「菊」の印象的な黄色と、「煙」の薄暗い灰色。出自の異なる、違う領域に存在する両者が、たまたまそこで出会う。何となく、この「菊と煙」がお互いに呼び合うようで、不思議な存在感を放っている。（『ゆらのとを』二〇〇三年六月刊行）季語＝菊（秋）

18日

秋麗や雑巾なのか犬なのか

彌榮浩樹

この句、「雑巾なのか犬なのか」と問うのみで、結局どっちだったのかは不明なままである。それだけなら、「モノ（雑巾）」と「生き物（犬）」の対比に過ぎない。だが、「秋麗」の季語によって、いずれの対象にも「いのち」の輝きが与えられ、仮にその対象が「雑巾」か「犬」のどちらだったとしても、それは限りなく愛おしいものに感じられるから不思議だ。（『鶏』二〇一〇年九月刊行）季語＝秋麗（秋）

8月

19日

桐一葉父の死すなはち家業絶ゆ　上野一孝

敢えて言えば、「父の死」とは生物学的な出来事である。それが「家業絶ゆ」という社会的かつ具体的な現実をもたらすことに気づかされ、思わずハッとする。中七の「すなはち」の一語が、のっぴきならない現実の〈厳しさ〉を句に刻印する。「桐一葉」の季語が、これから訪れる過酷な未来を予感させつつ、そうした未来への覚悟を象徴するようにも感じられる。（『迅速』二〇一七年八月刊行）季語＝桐一葉（秋）

20日

撫子や死を告げる息ととのへて　細谷喨々

上五が「や」で切れるので、中七は「死を告げる息」とつなげて読みたい。この「息」は、死を告げる瞬間の〈私〉の呼吸だろう。そこには死を告げる前と後の時間的な境界が存在する。〈私〉は「死を告げる息」を「ととのへ」、その境界をまたぎ越すという過酷な役割を引き受けなければならない。淡紅色の「撫子」が、その優雅さとは逆に壮絶な印象を与える。（『二日』二〇〇七年九月刊行）季語＝撫子（秋）

21日

鳥たちの時間に入り込む秋思

佐怒賀正美

「秋思」とは、秋の寂しい物思いを言う。この句ではそれを「鳥たちの時間に入り込む」という具体的なイメージで表現する。「時間」に対して「入り込む」とは、空間的な把握だ。この「鳥たち」は秋になって大陸から渡ってくる渡り鳥たちか。秋の物寂しさが、「鳥たち」に混ざり合って、秋の広々と澄んだ空を渡ってゆく。遥々と大らかな気持ちにさせられる。（『無二』二〇一八年十月刊行）季語＝秋思（秋）

22日

仏間にて月光倒る音したり

宗田安正

「仏間」に差し込んだ「月光」の「倒（れ）る音」がした、という句。「月光」を「音」で捉えたところがユニークだ。普通なら「月光」は遍く夜を照らし出すところだが、この句の「月光」には、物質的で、細長い棒のような頼りなさがある。その「頼りなさ」が、どことなく〈命〉の儚さのようにも感じられるのは、倒れたその場所が「仏間」だからであろうか。（『百塔』二〇〇〇年十月刊行）季語＝月（秋）

23日

少年兵追ひつめられてパンツ脱ぐ　山田耕司

下五でユーモラスな着地をする句だが、何故かそこはかとない怖さを感じさせる。「少年兵」から連想される〈戦争〉のイメージと、中七の「追ひつめられて」の切迫感が、句の背後に見えない〈命〉のやり取りを想像させるからか。状況の過酷さと、それがもたらす結果の馬鹿馬鹿しさに、切羽詰まった人間の滑稽さを思う。象徴的な意味での普遍性を帯びた一句。（『大風呂敷』二〇一〇年一月刊行）季語＝なし（無季）

24日

かなかなにまみれて水にゐるおもひ　鷲谷七菜子

「まみれる」は、泥や汗などの汚れが体などの一面についている状態をいう。ここでは「かなかなにまみれて」と言いながら、それが「水にゐるおもひ」へ転化する。この「水」は秋の澄んだ水のイメージだろう。「かなかな」の哀しげな声が、己の身体を通して濾過されてゆくかのようだ。まるで自分を濾過機として世界に捧げているようでもあり、美しい。（『天鼓』一九九一年九月刊行）季語＝蜩（秋）

25日

長き夜の抽斗にあるあれやこれ　雨宮きぬよ

秋になり夜がめっきり長くなったと感じる時節、ふと「抽斗」の中に入っているものを「あれやこれ」と思い出している。この「あれやこれ」は、それまでの長い生活で必要なものを溜め込むうちに、つい増えてしまった「あれやこれ」であろう。見えないけれど決まった場所に、片付かないものがあることが、「長き夜」に不思議な安心感をもたらしているようだ。

（『新居』二〇一一年八月刊行）季語＝夜長（秋）

26日

あきかぜのなかの周回おくれかな　しなだしん

「周回おくれ」という語が特徴的な句。「周回」以外の表記がひらがなになっているので、運動会での子どもたちの徒競走の景かも知れない、とも思った。具体的な状況が書かれていないので、「周回おくれ」の表現に、己の人生に対する感慨といった意味を読みとれないこともない。「あきかぜのなか」と空間的に把握したことが句の印象にふくらみを与えている。（『夜明』二〇〇八年九月刊行）季語＝秋風（秋）

27日

台風の過ぎて大空入れ替はる　山田佳乃

台風一過の突き抜けるような青空が、あたかも空がまるごと「入れ替は」ったかのようだ、という句。「台風」前後の空の様子を〈時間的〉な変化ではなく、〈空間的〉で交換可能な一枚の書き割りのように捉えたところが独特だ。巨大怪獣のような「台風」にびっくりした「大空」が、あわてて青空に転換したようにも思えて、そこはかとない愛らしささえ感じる。

（『春の虹』二〇一二年四月刊行）**季語＝颱風（秋）**

28日

あまりにも澄みゐて水のなき如し　いのうえかつこ

秋になり川などの水が澄んでくる季節。「澄みゐて水のなき如し」とは、まるで「澄む」ことこそが水の使命であるかのようだ。そして限界まで澄みきると、水はその存在そのものを失ってしまう。逆に言えば〈存在〉するということは、水のように澄みきることのできない不透明な何かだ。澄む水を見つめる〈私〉の、透き通ることのできない〈存在〉の度し難さ。

（『貝の砂』一九九二年九月刊行）**季語＝水澄む（秋）**

29日

桔梗見てその夜は妻の夢を見て　四ッ谷　龍

一見何の関係もなさそうな「桔梗」と「妻」とを結びつけているのは〈私〉の「夢」だ。それは、現実世界の「桔梗」が、何らかの理由で「妻」を思い出させ、「夢」に登場させたのではない。むしろ、その「夢」が意識の中心から「桔梗」を追い出し、その場所に失われていた「妻」をありありと呼び戻したのだ。かけがえのない〈現実〉とはそういうものなのだ。（『大いなる項目』二〇一〇年十一月刊行）季語＝桔梗（秋）

30日

鶺鴒がとぶぱつと白ぱつと白　村上鞆彦

「ぱつと白ぱつと白」のリズムとリフレインが特徴的な句。それによって具象的な「鶺鴒」の姿は消え去り、瞬間的な「白」の印象に単純化される。だが逆にそれによって見えなくなってしまったもの——つまりは「鶺鴒」の「白」ではない部分——こそが「鶺鴒」を「鶺鴒」たらしめるものであることに気づかされる。それは、飛び去ったあとの「鶺鴒」の残像か。（『遅日の岸』二〇一五年四月刊行）季語＝鶺鴒（秋）

31日

熱の子の睫毛影なす秋ともし　西宮　舞

静かな秋の夜の灯しのなか、熱を出して眠る子の「睫毛」がうっすらと「影」をつくっている。心配しながら「熱の子」を見つめる母の〈眼〉と、「睫毛影なす」に象徴される「熱の子」の〈眼〉とが、想像的なレベルで双方向に見つめあう。どこか不安で儚い睫毛の影に焦点をあてながらも、母と子のたしかな繋がりを感じさせ、しみじみと心に沁みる一句である。

（『天風』二〇一五年五月刊行）季語＝秋の灯（秋）

九月

1日

法師蟬津波に耐へし松に鳴く　柏原眠雨

歳時記で「震災忌」といえば大正十二年九月一日の「関東大震災」のこと。だが、平成になって阪神大震災、東日本大震災といった巨大な地震災害を複数回経験し、「震災忌」の季語の様相も変化しつつある。掲句は東日本大震災の年に詠まれた句。この松は陸前高田の「奇跡の一本松」のことか。「法師蟬」が「津波」の記憶を一心に語り継ぐかのようで胸を打つ。（『夕雲雀』二〇一五年九月刊行）季語＝つくつく法師（秋）

2日

九月の風さわわセブンスターの木　酒井弘司

「セブンスターの木」は、北海道美瑛市にあり、かつて煙草の「セブンスター」のパッケージに掲載された木として知られているそうだ。それは広大な大地に立つカシワの木だという。カシワの葉が「九月の風」に擦れ合う感じを「さわわ」のオノマトペがよく表している。カシワの葉はやがて黄葉し、その後茶色に変色するが、葉を落とすことなく厳しい冬を越す。（『谷戸抄』二〇一四年八月刊行）季語＝九月（秋）

9月

3日

雨やどり西瓜が割れてゐるわいな　加藤郁乎

急に雨に降られて「雨やどり」する。つくづく、ついてない。たまたま借りた軒先で、「西瓜が割れて」いるのを見た。見知らぬ家の西瓜が割れて真っ赤な内側があらわになっているのは、ちょっとショッキングだ。だが下五の「わいな」が驚きとともに柔らかく呼びかけてきて、不思議な親近感を覚える。どことなくユーモラスで、気が置けない人に違いない。(『晩節』二〇一〇年十一月刊行) **季語＝西瓜(秋)**

4日

あちらからどつと来ました渡り鳥　土肥あき子

「渡り鳥」とは、秋になって北国から群れを成し渡ってくる鳥たちのこと。「渡り鳥」がやってきた北の方角を、「あちらから」と大摑みに表現し、「あちら」という冷たい空気の塊のような北の世界を、はるばると想像させる。中七の「どつと来ました」は、この渡り鳥たちの群れが「お邪魔します」と挨拶しながらこちらに向かってくるようで、なんだか愉快だ。(『夜のぶらんこ』二〇〇九年三月刊行) **季語＝渡り鳥(秋)**

5日

若き日のわが戦場に帰燕かな　森　澄雄

「帰燕」とは、九月になり海を越え南方へ帰る燕のこと。その「帰燕」の向かう方角に、若き日の太平洋戦争で自分が送られた戦場がある。「帰燕」が「わが戦場」を思い起こさせるのは、もちろんその「戦場」から帰ることのできなかった兵士たちを追憶してのことに違いない。彼らが祖国へ帰ることを望んでかなわなかったその「戦場」に、燕たちは帰るのである。（『蒼茫』二〇一〇年八月刊行）季語＝燕帰る（秋）

6日

赤紙の複製もらふをとこへし　太田土男

「赤紙」は、太平洋戦争時の召集令状のこと。その「複製」は、戦争を風化させないため、戦後に作られたものか。「赤紙の複製」を手にして作者は少し戸惑っている。ちなみに、開戦当時の赤紙は真っ赤だったが、戦時の物資不足で染料が足らなくなり、次第にピンク色になっていったそうである。「をとこへし」の白さが、まるで戦後の安寧を祈るようで健気だ。（『花綵』二〇一五年三月刊行）季語＝男郎花（秋）

7日

薄明とセシウムを負い露草よ

曾根　毅

「セシウム」は放射性物質の元素。平成二十三年三月の福島第一原発事故で大気中に大量に放出された。以来、耳慣れた言葉になった。太陽光が滲み出る「薄明」の空と、見えざる「セシウム」を「負い」つつ生きてゆかねばならない「露草」。しかしそれは「露草」だけではない。句末の「よ」は、「露草」に向けてだけでなく、己自身への呼び掛けでもあるのだ。（『花修』二〇一五年七月刊行）季語＝露草（秋）

8日

露のせてゐて芋の葉の濡れてゐず

白濱一羊

「芋の葉の露」といえば、その「芋の葉」はサトイモの葉のこと。サトイモやハスの葉の表面には水をはじく性質があり、水がころころとした「露」の玉になりやすい。「濡れてゐず」は、「芋の葉」に手で触れた感触か。秋の夜の空気が冷えて凝結した「露」に対して、「芋の葉」のさらさらと乾いた感触が、秋の清涼な存在感を放ち、不思議と風格を感じさせる。（『喝采』二〇〇七年九月刊行）季語＝露（秋）

9日

鶺鴒の谷陶片の散らばつて　ふけとしこ

渓谷を流れる川の川原を、「鶺鴒」が跳び歩いている。散らばった「陶片」は、以前はかたちある器や壺であった。誰かがそれをこの谷に持ち込み、何らかの理由でそれを割った。すでにここには存在しない〈誰か〉や〈出来事〉の気配と、愛らしく尾を振る「鶺鴒」。この「陶片」をかき集めれば、失われた器や壺や過去の時間を取り戻すことができるのだろうか。（『インコに肩を』二〇〇九年五月刊行）季語＝鶺鴒（秋）

10日

ひんがしに霧の巨人がよこたわる　夏石番矢

この「霧の巨人」は、何かを喩えたり、言い換えたりした言葉ではなく、「霧の巨人」そのものとして読みたい。その巨人が「ひんがし（東）」に横たわっている。「霧」は冷たくぼんやりとした印象だが、巨大なそれは如何ともし難く「ひんがし」に聳えている。その計り知れなさへの畏怖の念が、この句にひんやりとした緊張感と、不思議な崇高さを与えている。（『神々のフーガ』一九九〇年六月刊行）季語＝霧（秋）

9月

11日

白波も錆びゆくものか日は秋へ　橋本榮治

「錆び」とは、鉄などの表面が酸素や水と化学反応を起こして腐食し、その外見や機能が損なわれることをいう。この句は「白波」が何らかの理由で、「白波」であることが損なわれることがありうるか、と問いかけている。それは「変わらぬもの」への疑義であり、アイデンティティへの不安でもあろう。そうした疑義を抱えつつも「日は秋へ」と、季節は移ろうのだ。

（『麦生』一九九六年六月刊行）季語＝秋（秋）

12日

ぽんとトースト台風は海へ抜け　原　雅子

台風一過の朝食の景か。「ぽんとトースト」の軽快な表現が、日常の明るくポジティブな瞬間をとらえる。一方で、「海へ抜け」る台風は、激しい風雨を抱え込みながら、ゆっくりと海上を去ってゆく。巨大で不吉な台風と、それが残していった朗らかな食卓との対比に、この幸福が永遠に続くようにも思われるし、そうであって欲しいと願う気持ちも伝わってくる。

（『束の間』二〇一一年八月刊行）季語＝颱風（秋）

13日

天童の隠れて蛇を喰うや秋　九堂夜想

「天童」は、仏教の守護神や天人などが子供の姿で人間界に現れたもの。この句で「天童」が「隠れて」いるのは、それが人間界では許されない行為だからだろう。例えばこの句の「蛇を喰う」ことは、天人には禁じられた〈食欲〉なのではないか。だとすると、「食欲の秋」と呼ばれる季節は、この「天童」にとってまさに鬼門であって、そこはかとなく可笑しい。（『アラベスク』二〇一九年二月刊行）季語＝秋（秋）

14日

虫聞のみな湯上りでありにけり　下坂速穂

「虫聞（むしきき）」は、虫の声を味わうために、秋の夕刻から郊外や野山を歩くことを言う。この句では、申し合わせたわけではなく、たまたま虫の声を聞きに出歩いてきた者たちが、「みな湯上り」であったということだろう。物寂しい虫の声に対して、「湯上り」の人々はどこかあっけらかんとして、ユーモラスで逞しい。秋の夕べの清涼さを感じさせる一句。（『眼光』二〇二二年八月刊行）季語＝虫（秋）

15日

親殺し子殺しの空しんと澄み

眞鍋呉夫

「親殺し」「子殺し」は、昔から絶えることなく市井の人々を驚かすが、その背景には見た目以上に複雑な要因が絡んでいるのだろう。そのような無残な世相に驚く人々を尻目に、秋の「空」は何事も無かったように「しんと澄み」わたっている。この「空」の静けさは、無慈悲で残酷なようでもあり、深く透明な眼差しで人間界をじっと見つめているようでもある。

(『雪女』一九九二年二月刊行) 季語=秋澄む(秋)

16日

色鳥や泉の底に踊り砂

瀧澤和治

下五の「踊り砂」は、「泉の底」から湧き出る水が周囲の砂を巻き込んで、それがまるで踊っているように見える、という造語か。あたかも、泉の底の砂粒が生きているような躍動感ある光景だ。「色鳥」は、秋に渡ってくる色とりどりの小鳥たちの総称。その「色鳥」と「踊り砂」の魂が、まるで共鳴し合っているような、不思議な生命力を感じさせる一句である。

(『衍』二〇〇六年九月刊行) 季語=色鳥(秋)

17日

大和路にまぼろしの鷹渡りけり　林　誠司

「大和路」は京都から奈良へ至る道。仏教的かつ歴史を感じさせる言葉である。この句では「まぼろしの鷹」とあるが、それはいままさに越冬のために南方へ渡る鷹を、見ているのではないか。それを「まぼろし」と感じさせるのは「大和路」である。実物の「鷹」が「まぼろしの鷹」と重なり合って、比類なき「大和路の鷹」となっている。そういう句ではないか。（『退屈王』二〇一一年八月刊行）季語＝鷹渡る（秋）

18日

蓑虫の鳴くてふことを忘れゐる　増成栗人

蓑虫が鳴くことはないのだが、「ちちよ、ちちよ」と鳴くとの言い伝えがあり、「蓑虫鳴く」は秋の季語となっている。この句では、「蓑虫は実際は鳴かない」のではなく、「鳴くということを忘れている」のだという。その把握が、この味気ない世界の見えない補助線となり、愛らしい物語として立ち上がる。「蓑虫鳴く」の季語が、より立体的に感じられてくる。（『遍歴』二〇一五年九月刊行）季語＝蓑虫（秋）

19日

子規の忌のすこし厚めの麺麭とジャム　津久井紀代

正岡子規が亡くなったのは、明治三十五年九月十九日。子規は晩年の日記『仰臥漫録』に、病床で食べた日々の食事の献立を事細かに記録するほどの健啖家であった。この句の「麺麭とジャム」は如何にもハイカラで、新しいもの好きだった子規ならばきっと食べたがるに違いない。中七の「すこし厚め」には、さりげない日常の喜びが感じられ、実に美味しそうだ。（『神のいたづら』二〇一八年八月刊行）季語＝子規忌（秋）

20日

掛稲のむかうがはから戻らぬ子　満田春日

「掛稲（かけいね）」とは、刈り取って乾かすために稲木などにかけた稲のこと。稲刈りの最中に、傍にいた子が掛稲の向こうに行ってしまって戻ってこない、という素朴で具体的な景と読める。だが同時に、田園のふるさとを巣立ち、親元を離れた子のことを象徴的に詠んでいるようにも思える。それは、永遠に子が戻らないかも知れないという不安な親ごころか。（『雪月』二〇〇五年六月刊行）季語＝稲干す（秋）

21日

花オクラ下着のやうに吹かれたる　本井　英

「オクラ」の花は一日花なので、一日だけ咲いてその日のうちに枯れてしまう。その花の色はうすいレモンイエローで、食用花としても出回っている。この句の「下着のやうに」という少々俗っぽい喩えは、オクラの花の質感をよく捉えていると思う。一日花でありながら、たくさんの立派な莢を実らせるオクラの逞しさまで感じさせるようで、なんだか微笑ましい。

（『開落去来』二〇一六年八月刊行）**季語＝オクラ（秋）**

22日

乱菊といはれ眼を溢れけり　蓬田紀枝子

「乱菊」とは長さが不揃いな菊の花。「乱菊といはれ」からは、不揃いで乱れた菊の咲きぶりに、自分自身の生き方を投影しているようにも感じられる。そんな「乱菊」が乱れるままに咲きこぼれ、それを見ている〈私〉の「眼」の広さから溢れ出してしまう。その咲きぶりに、生きることの度し難さと、誇り高さを感じつつ、じっと「乱菊」を見つめているのであろう。

（『黒き蝶』二〇一九年十一月刊行）**季語＝菊（秋）**

23日

秋分やいそしむこころやうやくに

岩城久治

本日は「秋分」である。「秋分」は太陽の黄経が一八〇度になる日で、二十四節気の一つ。昼夜の長さが等しくなり、この日より次第に夜が長く（夜長）なっていく。「いそしむこころやうやくに」は、「熱心に励む気持ち（いそしむこころ）が、ゆるやかに（やうやくに）なる」ほどの意味か。このゆるやかな気分は、秋の夜の長さに伴って深まってゆくのである。（『冬焉』二〇〇〇年六月刊行）季語＝秋分（秋）

24日

ときに犬さびしきかほを秋彼岸

山上樹実雄

「秋彼岸」は、秋分の日（九月二十三日ごろ）を中日とした前後七日間。掲句の「さびしきかほ」は、もちろん「犬」の顔なのだが、それがまるで人間のように見つめ返してくる。身辺のあらゆるものに、この人間的な〈眼差し〉を見出すことこそが、つまりは「人間的」だということなのではないか。「秋彼岸」は、そんな不思議な力がある季語なのかも知れない。（『晩翠』二〇〇八年七月刊行）季語＝秋彼岸（秋）

25日

梨剝いて肘まで濡らすひとつ老ゆ　村上喜代子

剝いている梨の雫が滴り落ちて肘を濡らす。その身体的な感覚が、ふと「ひとつ老ゆ」と展開するところに意外な驚きがある。この「ひとつ老ゆ」には、理屈では説明し難く、自分にしか感じることのできない、確固たる〈理解〉があるのだ。その〈理解〉がまたひとつ積み重なったところに、この句の捉えた「老ゆ」の正体がある。そういうことではないだろうか。

（『間紙』二〇一三年六月刊行）季語＝梨（秋）

26日

星飛んで土葬禁止の日本かな　マブソン青眼

「土葬禁止の日本」は、さりげない外部からの視線であり、当たり前のように日本で暮らす者には意外な盲点である。「星飛ぶ」は季語「流星」の傍題。それはまるで上空から日本列島を見下ろしている、前述の「外部からの視線」の主体であるようにも感じられる。「日本」という小さな島国を不思議な時空から眺めなおした、スケールの大きな一句ではないか。

（『空青すぎて』二〇〇二年五月刊行）季語＝流星（秋）

27日

にはとりに恐竜の爪鳳仙花　南うみを

進化論によれば、鳥類の祖先は恐竜だという。そんな説を裏付けるように、この句では、「にはとり」の爪がまるで恐竜のようであることを発見した。一方で、実が熟すと果皮が裂けて種を遠くに飛ばす「鳳仙花」。かつて絶滅した「恐竜」が、「にはとり」に永い進化の痕跡を残したように、「鳳仙花」もまた、種を遠くに飛ばしつつ、己のＤＮＡを永遠に残すのだ。（『志楽』二〇一二年三月刊行）季語＝鳳仙花（秋）

28日

葛引くや手応へうすき子のこころ　徳田千鶴子

「葛引く」は葛の根を掘ること。「葛の根」を潰して水に晒すことで、「葛粉」ができる。掲句は上五が「や」で切れるので、中七の「手応へうすき」は「子のこころ」に掛かるのだが、どこか上五の葛を引くときの「手応へ」にも響き合うように思われる。親子で「葛の根」を掘っているのだろうか。思春期の何とも反応の薄い子の様子を気遣う親心が感じられる。（『花の翼』二〇一一年九月刊行）季語＝葛掘る（秋）

29日

黒葡萄のごとし難民少女の瞳　山下知津子

謂れなき戦禍や迫害を受けて、困難な状況に追い込まれた難民の少女がこちらを見つめ返してくる。その眼差しは、〈私〉に倫理的な対応を求めてくる。「黒葡萄のごとし」は、その色や形状の類似性にとどまらず、この「難民少女」が訴えかけてくる、言葉になる前の言葉以上の質感を伝えてはいないか。その瑞々しさや、手ざわり、重さ、艶など、それら全てが。（『髪膚』二〇〇二年六月刊行）季語＝葡萄（秋）

30日

鵙の贄若草色をしてゐたり　加藤三七子

「鵙の贄」は、鵙が昆虫や蛇などの獲物を、木の枝などに突き刺して蓄えたもの。鵙の性質の荒さを表した季語だが、この句ではそれが「若草色」をしているという。まず何の色だろうかと思い、それが獲物になった小さなカエルの死骸だと気づく。「若草色」という一見みずみずしい色が、自然の厳しい現実に変化する。さり気ない表現だからこそ、驚きが大きい。（『朧銀集』一九九七年十月刊行）季語＝鵙の贄（秋）

十月

1日

四つ折りの身の濡れてゐる秋の蛇　山崎祐子

「秋の蛇」は、秋の彼岸を過ぎ、そろそろ穴に入って冬眠を始めるころの蛇か。この「濡れてゐる」身体は、いかにも生き物らしい命の滑りのようでもあり、また「四つ折りの身」は、すべての用事を済ませて達観している姿のようでもある。長い身体を折りたたみ、その身を濡らしながら、この地上の世にしばしの別れを告げているような、妙な迫力を感じさせる。

（『葉脈図』二〇一五年九月刊行）季語＝蛇穴に入る（秋）

2日

蟷螂の両手一生鎌のまま　杉浦圭祐

それにしても「両手一生鎌のまま」とは、不便であろう。ちょっと鼻の頭が痒いとき、油断すると顔が傷だらけになってしまう。「蟷螂」にとってはもはや逃れられない運命というほかないが、それは実に不幸でありながら、ちょっと可笑しみもある。逆に「蟷螂」から見た人間というのも、どこか哀しげな運命を背負った、ペーソスあふれる存在なのかも知れない。

（『異地』二〇二二年一月刊行）季語＝蟷螂（秋）

3日

木の根つこ刳り貫く風呂やましら酒　朝吹英和

「ましら酒」とは「猿酒（さるざけ）」のこと。猿が木の実を蓄えておいた木の洞や岩窪に雨露が溜まり、自然に発酵して酒になったもの。霊薬とも言われ、空想的な季語でもある。「木の根つこ」をくり貫いた「風呂」が、あたかも「ましら酒」のように、空想的な趣を感じさせる、という。その霊的なちからで、体の芯まであたたまりそうな、独特の風情がある。（『光陰の矢』二〇二〇年十一月刊行）季語＝猿酒（秋）

4日

信長の喰ひ残したる美濃の柿　角川春樹

「美濃」は、現在の岐阜県。比叡山の焼き討ちなど、己の信念のために障害となるものはすべて焼き尽くした織田信長。その彼がつい「喰ひ残した」柿が、時代を経ていま目の前に豊かに実っている。「柿」の遺伝子のしたたかさまで感じさせて、愉快だ。この作者には〈向日葵や信長の首切り落とす〉（句集『信長の首』）の代表句があり、その続編のような一句。（『月の船』一九九二年十月刊行）季語＝柿（秋）

5日

檸檬置く監視カメラの正面に　堀田季何

梶井基次郎の小説『檸檬』の主人公は、檸檬を書店の書棚の前に置き、まるで爆弾を仕掛けたかのようにその場を立ち去った。この句はそれを踏まえ、爆弾のごとき「檸檬」を「監視カメラ」の正面に置く。小説『檸檬』と比べて挑発の度合いは高まっており、その監視網から逃げ切れる気がしない。その〈逃げられなさ〉に現代の行き詰まりが感じられ、興味深い。

（『人類の午後』二〇二一年八月刊行）季語＝檸檬（秋）

6日

人の世の晩景にあり氷頭膾　大石香代子

鮭や鯨などの頭部の軟骨を氷頭（ひず）といい、半透明で柔らかく、食用に供せられる。この氷頭をうすく切って酢に漬けたものが「氷頭膾」である。新潟や青森、岩手、北海道などの寒冷地で食される「氷頭膾」には、やはり「晩景」が相応しい。「人の世の」は人間の生活一般のことを言っているようでもあり、雪深い地域の、静かで深みのある生活を思わせる。

（『鳥風』二〇一五年七月刊行）季語＝氷頭膾（秋）

7日

百本もあれば鶏頭には見えず　柘植史子

「鶏頭」の名は、この花の見た目が鶏のトサカに似ていることに由来する。個性的な花だが、それが「百本もあれば」、個々の鶏頭らしさは失われ、もはや鶏頭には見えないという。逆に言えば、鶏頭を鶏頭たらしめているのは、一本ごとの屹立した〈個別性〉によるということだ。大量に群れて咲けば、個々の〈個別性〉は消失する。まるで人間のようではないか。(『雨の梯子』二〇一八年七月刊行) 季語＝鶏頭(秋)

8日

みづうみの光れるけふを寒露かな　伊藤敬子

本日は二十四節気の「寒露」である。「寒露」は、露が凍るほどに冷たく感じられる頃。空気が澄んだ秋晴れの過ごしやすい日が多くなる。掲句の「みづうみの光れるけふ」には、ひんやりと澄み渡った日の清々しさがよく表れている。助詞の「を」によって、「けふ」という日が、冷たい露の粒のなかに閉じ込められてしまったような、妙な緊張感をもたらしている。(『存問』一九九六年三月刊行) 季語＝寒露(秋)

9日

墨磨れば墨の声して十三夜

成田千空

「十三夜」は、陰暦九月十三日の夜のこと。新暦では十月八日頃にあたる。「十三夜」の月は、十五夜の名月に対して「後の月」と呼ばれ、十五夜と比べて少し物寂しい。掲句は、そんな「十三夜」の物寂しさが、墨を磨るときの心理に反射し、「墨の声」となって回帰してきたようにも思われる。墨を磨るときの、次第に澄み渡っていく作者の心理が感じられる。（『白光』一九九七年一月刊行）季語＝後の月（秋）

10日

いやにしづかに体育の日の昏る

内田美紗

「体育の日」は、昭和三十九年の東京オリンピック開会式が行われた十月十日を記念した国民の祝日。平成十二年からは十月の第二月曜日に設定され、令和二年には「スポーツの日」に改称された。掲句は、秋晴れの明るく健康的なはずの「体育の日」が「いやにしづか」に昏れるという。どこか不穏で何か起きそうな予感のする、ただならぬ「体育の日」である。（『魚眼石』二〇〇四年九月刊行）季語＝体育の日（秋）

11日

秋灯に祈りと違ふ指を組む　能村研三

人は「信じるから祈る」のではなく「祈ることで信仰を得られる」のだという。指を組んで祈ることは、信仰をもたらすはずだが、この句の「指を組む」行為は、「祈りと違ふ」とはっきり否定されている。つまりこの句が求めているのは信仰ではない。むしろ、この「秋灯」は、神を恃まず己の弱い心と向き合う〈克己〉の心を灯しだしているのではないだろうか。

（『催花の雷』二〇一五年六月刊行）季語＝秋の灯（秋）

12日

いぼむしり走り出すなり壊れさう　加藤かな文

「いぼむしり」は「蟷螂」の別名。普段はあまり動かない印象の虫だ。それを「走り出すなり壊れさう」とは、如何にもその頼りない体つきを捉えている。逆に言えば壊れないために、普段の彼は微動だにしないのかも知れない。「走り出す」と壊れてしまうのは、彼が「いぼむしり」であるというアイデンティティ自体か。そう思うと、なんだか可笑しくて哀しい。

（『家』二〇〇九年八月刊行）季語＝蟷螂（秋）

13日

木犀や団地A棟永遠にA　押野　裕

高度経済成長期に多く建てられた「団地」は、昨今の老朽化問題を抱えつつ、どこかノスタルジックで生活感にあふれた魅力的な風景である。そこに咲く「木犀」は、小さな花ながら強い芳香を放ち、素朴だが存在感にあふれている。戦後の時代が生んだ「団地」という存在を、「永遠にA」と遥かな時間軸で捉えなおすことで、不思議と胸に迫る一句となっている。

（『雲の座』二〇一一年八月刊行）季語＝木犀（秋）

14日

秋の蝶発光しつつ森に入る　渡辺和弘

「秋の蝶」は、春や夏の蝶と比べてめっきり数も減り、飛び方にも力がない。そんな「秋の蝶」を「発光」させているものは何か。この「秋の蝶」は、最後の力を振り絞って「森」へ帰ろうとする、強い〈意志力〉を感じさせる。それは、作者の眼差しが「秋の蝶」に与えたものではないか。作者の眼差しが光源となって、「秋の蝶」を「発光」させているのだろう。（『発光』二〇〇八年四月刊行）季語＝秋の蝶（秋）

15日

駅前の蚯蚓鳴くこと市史にあり　高山れおな

秋の夜、ジーッと鳴く声が聞こえてくることがある。実は螻蛄の鳴く声なのだが、それを蚯蚓が鳴いている、と捉えたのが、「蚯蚓鳴く」という空想的な季語。この句は、そんな「蚯蚓鳴くこと」が、「市史」に記録されている、という。一方で上五の「駅前の」は妙に現実的で、どうしてもこの「蚯蚓」を空想として消し去ることができない。実に魅力的な世界だ。（『ウルトラ』一九九八年十月刊行）季語＝蚯蚓鳴く（秋）

16日

照らされし秋の祭の中の誰　依光陽子

「秋の祭（秋祭）」は、もともと稲の収穫期に神への感謝の意を表した行事。禊祓（みそぎはらえ）を目的とした夏祭とは趣が異なる。「秋の祭」の混雑が明りに照らされている。大勢の人びとがぼんやりと浮かび上がるが、それは「誰」と名前のない存在として把握される。その「誰」から見れば、〈私〉も「誰」なのだろうか、と存在の不安さを考えさせられる。（『戦後生まれの俳人たち』二〇一二年十二月刊行）季語＝秋祭（秋）

17日

秋麗の柩に凭れ眠りけり　藤田直子

「秋麗」は、文字通り春の麗かさのように暖かい秋の日のこと。そんな暖かさが眠りを誘い、〈私〉は「柩」に凭れて眠っている。葬儀が一段落ついた時間だろうか。眠っている〈私〉と故人の生前の関係は深かったに違いないが、いまふたりは生と死によって引き裂かれている。だが、この「眠り」のなかで両者はそっと出会い、終の別れの挨拶を交わしているのかも知れない。（『秋麗』二〇〇六年九月刊行）季語＝秋麗（秋）

18日

菊抱くはおほよそをみな菊供養　鈴木節子

「菊供養」は、十月十八日に東京の浅草で行われる菊花の供養。参詣者は菊を持参し、すでに供えられている菊と取り換えることで病難災難よけとする。「をみな」は若い女性のこと。彼女らの平穏無事を願う気持ちへの、同じ女性の先輩である作者からの温かな眼差しを感じさせる。この小さな眼差しの積み重ねこそが、彼女たちの願いを成就させるのかも知れない。（『春の刻』二〇〇六年七月刊行）季語＝菊供養（秋）

19日

月餅や北京の秋も高からん　大谷弘至

「月餅」は、月に見立てた丸く平らな中国の菓子。いま、作者は日本の秋空の下にいる。そこで「月餅」を見ながら、「北京」の秋空もまた高々と感じられることだろう、という。「月餅」という中華菓子から、遠く「北京」の秋空へと発想が飛ぶところが、馬鹿馬鹿しくもあり、ダイナミックでもある。この「北京」の地名は、他に替えられないように思われる。（『蕾』二〇一九年八月刊行）季語＝秋高し（秋）

20日

間違へて秋風と手をつなぎゐし　後藤比奈夫

この句は作者が亡き妻を詠んだ句。「間違へて」は、亡くなった夫人の手と間違えた、のである。まるでそのまま「秋風」に連れ去られてしまいそうな、途方もない哀しみを感じさせる。一方で「つなぎゐし」と我に返った瞬間の、残された己の身体の打ち消せなさが、「秋風」のなかで強く濃く己の輪郭を縁取るようでもあり、生きることの致し方なさを思わせる。（『めんない千鳥』二〇〇五年十一月刊行）季語＝秋風（秋）

21日

我もまた一つの闇か胡桃の実　森潮

振ればカラカラと鳴る「胡桃」の中の空洞。「我もまた」その空洞のような「闇」であるのか、という句。「我」が「闇」であるならば、「我」を突き動かしているものは、いったい何だろう。明るい場所から外れている「我」は、それを見ようと目を凝らすほど「闇」に飲まれてしまう。そしてその「闇」は、「胡桃」の硬い殻でそっと守られている。（『種子』二〇二〇年一月刊行）季語＝胡桃（秋）

22日

シンバルのどひやんどひやんと秋行きぬ　澤田和弥

「どひやんどひやん」のオノマトペが馬鹿馬鹿しいほど豪奢で開放的だ。「秋行く」は、いわゆる去り行く秋の季節を惜しむ「行く秋」の傍題なのだが、この句の「秋行きぬ」は、賑やかなシンバルの音に合わせて、まるで世界を包み込む澄み渡った秋の大気が、ごっそりと上空を移動してゆくようなダイナミズムを感じさせる。極めて祝祭的な秋の終わりである。（『革命前夜』二〇一三年七月刊行）季語＝行く秋（秋）

23日

霜降や鳥の塒を身に近く　手塚美佐

二十四節気のひとつ「霜降」は、朝晩の冷え込みが増し、そろそろ冬支度の季節である。「塒（ねぐら）」は、鳥の寝る場所のことだが、蛇が「塒（とぐろ）を巻く」という場合もこの字を使う。蛇の場合は、体を丸めて身を守る仕草らしいが、「鳥の塒」もまた、鳥の身を守るものか。それを「身に近く」感じる作者もまた、何ものかから守られているような。（『昔の香』一九九三年一月刊行）季語＝霜降（秋）

24日

あれは秋骨の形を崩しけり　秦　夕美

「あれは秋」と「秋」を指さすことで、まるで「秋」の季節が形式や質量をもつ物質であるかのようだ。その物質化した「秋」は、白く硬質な「骨の形」を「崩し」てしまった。「秋」を「秋」として立たせていた「骨」は失われ、白くさらさらした粉のようなものとして「秋」の季節を漂うかのようだ。そうして「秋」は、不定形のものとして人の心を流れてゆく。（『五情』二〇一五年二月刊行）季語＝秋（秋）

25日

露寒やどこにも行かぬ日の鞄

五十嵐秀彦

露が結ばれるころの寒さ。「どこにも行かぬ日」が特筆されるということは、日ごろ各地を飛び回るような生活をしているのか。普段はただの道具として持ち歩いている「鞄」が、「どこにも行かぬ日」に、まるで退屈しているような、命のあるものに感じられたのではないか。普段は気にしない当たり前のものが、命をもっているという事実に、ふと気づかされる。(『無量』二〇一三年八月刊行) 季語=露寒(秋)

26日

俺おれおれと広がる俺や穴惑い

鈴木　明

秋の彼岸を過ぎ、冬眠の時期になっても穴に入らずうろうろしている蛇を「穴惑い」という。この句の「俺」は、反復しながらどんどん増殖するが、詰まるところそれは、己の身体を抜け出ることのできない「俺」の行き詰まりに他ならない。それは穴に入らず徘徊を続ける「穴惑い」と似ていなくもない。蛇も「俺」も宿命の前では彷徨くばかりなのである。(『甕』二〇一六年九月刊行) 季語=蛇穴に入る(秋)

10月

27日

小鳥は生まれ
すぐ死ぬ
瞼をひらく
泪の木

高原耕治

「小鳥は生まれ／すぐ死ぬ」は、そこに置かれた改行によって、生から死までの時間の短さを強く感じさせる。また、「瞼」も「泪」も〈眼〉に係る語だが、それは感傷的な意味よりも、むしろ機能的な面が強調されてはいないか。〈眼〉の蓋としての「瞼」は、ただ「ひらく」。そして「泪」は「木」から分泌される体液である。冷然としながらも、魅力的な表現だ。

（『四獣門』二〇一五年五月刊行）季語＝小鳥（秋）

28日

象の背を流れてをりぬ秋の雨　松野苑子

しとしとと降る「秋の雨」が、「象の背を流れて」いる、という。その水滴は、すでに雨としては降り終わってしまったものだが、「象の背」にあってなお、その冷たさや寂しさは「秋の雨」らしさを失っていない。巨きくゆったりとした「象」が、秋雨の寂しさを全身で請け負っているようでもあり、目に見えないが目に見えるかたちとなって読む者に迫ってくる。

（『遠き船』二〇二二年四月刊行）季語＝秋の雨（秋）

29日

秋天の花嫁小さく舌を出しぬ　山田真砂年

高く澄み渡った秋空の下で、ウェディングドレス姿の「花嫁」が「小さく舌を出し」ている。そのおどけた仕草に、「花嫁」のうち側からあふれ出す、潑剌とした個性を感じさせる。この小さな「舌」は、「花嫁」を幸福へと導く特別なシンボルのようでもあり、この婚姻が、誰からも祝福されるものであることを予感させる。明るく幸福に満ちた一句である。（『西へ出づれば』一九九五年九月刊行）季語＝秋の空（秋）

30日

ガンダムの並ぶ夜業の机かな　矢野玲奈

「ガンダム」は、八十年代に人気を博したロボットアニメで、現在もその人気は衰えることがない。その「ガンダム」のプラモデルが、「夜業の机」に並べられている。現代の若いサラリーマンの姿を想像させる。会社の仕事で残業しつつも、自己の楽しみを手放すことのない豪胆さは、頼もしくもあり、ユーモラスでもある。体を壊さない程度にがんばって欲しい。(『森を離れて』二〇一五年七月刊行) 季語＝夜なべ(秋)

31日

とんばうととんばうの影水に合ふ　加藤静夫

最初は、颯爽と飛ぶ「とんばう」に「とんばうの影」は付き従っていたのだろう。それが、ふと鏡のような水面の上に差しかかったとき、そこに「とんばう」が映り込むことで、まさに「とんばう」と「とんばうの影」が出会ったのである。まったくシンプルな表現でありながら、澄み渡る水と青い空で満たされた、緻密で美しいアニメーションのような一句である。(『中略』二〇一六年五月刊行) 季語＝蜻蛉(秋)

十一月

1日

柿の蔕みたいな字やろ俺《わい》の字や

永田耕衣

考えてみると、「柿の蔕」の姿形が思い浮かばない。「柿の蔕みたいな字」とは、どんな字だろうか。そんな「思い浮かばなさ」が、逆にこの「俺の字」の様子を想像させて面白い。言うまでもなく、このユーモラスな「字」こそが、作者そのものでもある。「柿の蔕」みたいな「俺」なのだ。関西方面の話し言葉で書かれているのも愉快で、読み手の心をくすぐる。（『狂機』一九九二年十一月刊行）季語＝柿（秋）

2日

石榴割る肉の黄金回路醒め

馬場駿吉

石榴が割れて、その内側の果肉が露わになる。「黄金回路」とは豪奢な言葉だが、確かに石榴の果肉に赤い種子がびっしりと並んだ様子は、機械内部の回路のようである。まるで、神さまが何かの目的をもって生みだした創造物のようだ。句末の「醒め」によって、この「黄金回路」は意識を取り戻し、やがて人工知能のように、割れた「石榴」が思考し始めるのか。（『海馬の夢──ヴェネツィア百句』一九九九年十月刊行）季語＝石榴（秋）

3日

文化の日月光仮面とウルトラマン

瀬戸正洋

本日は、「文化の日」。かつては「明治節」と呼ばれ、明治天皇の生誕を祝う日だった。「月光仮面」、「ウルトラマン」は昭和を代表する正義の味方だが、それが「文化の日」という枠の中で並んでいると、何とも言えない親しみを感じさせる。時代を経て正義の味方も複雑に変化したが、この句にはまだ素朴な「正義の味方」の立ち姿が感じられ、妙に懐かしい。(『へらへらと生まれ胃薬風邪薬』二〇一六年十月刊行) **季語＝文化の日(秋)**

4日

桃缶のふちのぎざぎざ夜の客間

三宅やよい

「夜の客間」とは、客人が去り、すでに誰もいなくなった応接室か。そこに開けられた「桃缶」が残されている。どんな客だったのだろうか。話はつつがなく済んだのだろうか。残された「桃缶」の「ふちのぎざぎざ」がやけにとげとげしく、そこにわずかな緊張感が残されている。これはきっと、手ごわい客人だったのだろうと、勝手なことを想像してみたりする。(『駱駝のあくび』二〇〇七年一月刊行) **季語＝桃の実(秋)**

5日

ひえてゆく鹿のひづめをおもふなり　中田剛

晩秋になり次第に朝夕の空気が冷え冷えとしてくる。作者はそこで「鹿のひづめ」のことを思い出している。「鹿」といえば黒い瞳の愛らしい動物だが、その「ひづめ（蹄）」には野性の気配を感じさせる。上五中七の「ひえてゆく鹿のひづめ」は、これから厳しい冬を迎え、しんしんと冷えていく「鹿」の身体をイメージさせて、峻厳たる自然の一面を思わせる。（『珠樹』一九九三年五月刊行）季語＝冷ややか（秋）

6日

萩は実にそのあとあとのことまでも　古舘曹人

「萩」はマメ科ハギ属の落葉低木で、初秋から赤紫の花の房をつけはじめ、晩秋に実を結ぶ。そうして、「萩」の時間は流れていくが、作者はさらに「そのあとあとのこと」にまで思いを馳せる。何も書かれてはいないが、「そのあと」が示唆する重要な出来事が、この句の背後にあるのだろう。何があっても中断できない、人生という時間のことを考えさせられる。

（『繍線菊』一九九四年七月刊行）季語＝萩（秋）

7日

立冬や黒鳥の雛孵りたる　宮坂静生

「立冬」である。いよいよ冬が始まる。「黒鳥」とは、別名「ブラックスワン」とも呼ばれ、白鳥をそのまま黒くしたような水鳥である。その雛は、まだふわふわとした薄い灰色の羽毛に包まれている。この「雛」は「立冬」に生まれ、春になれば親鳥と見分けのつかないほど、黒ぐろとした「黒鳥」に成長していることだろう。小さな命の、ささやかな運命である。（『宙』二〇〇四年十月刊行）季語＝立冬（冬）

8日

にわとりを真っ白にして十一月　塩野谷　仁

「にわとり」は白い、と何となく思っているが、あらためて掲句のように言われると、それほど純白ではなかったような気もする。この句で「にわとりを真っ白に」したのは、もちろん「十一月」なのだが、一方で「にわとりを真っ白に」したことが、「十一月」を「十一月」として完成させる。どうやら「十一月」には、ものを「真っ白」にする機能があるらしい。（『私雨』二〇一四年五月刊行）季語＝十一月（冬）

9日

喉もとに日差しのふるる枇杷の花　小川楓子

「喉もと」とは、首の付け根あたりのこと。「ふるる」は「触る」の連体形だが、ここで「日差し」が触れたのは「喉もと」である、と読みたい。表現は穏やかだが、冬の柔らかい「日差し」が、まるで「喉もと」に突き付けられているような、妙な緊迫感がある。「枇杷の花」は目立たない花だが、強い香りを放つ。それもどことなく妖しげで、気になる句である。（『ことり』二〇二二年五月刊行）季語＝枇杷の花（冬）

10日

冬空を頓珍漢と打ちてをり　島田牙城

「頓珍漢」は、鍛冶で師が鉄を打つ間に弟子が槌を入れるためにズレて響く音が語源で、物事のつじつまが合わずちぐはぐになるような間抜けな発言や行動をすることを言う。鉄を打つ硬質な〈オノマトペ〉と、薄っすらと間の抜けた〈意味〉が重なりあった句。「冬空を」の「を」が大らかに景を包み込んで、あっけらかんとした、機嫌の良い句に仕上がっている。（『誤植』二〇一一年二月刊行）季語＝冬の空（冬）

11日

電線につながれて枯れ深む家　行方克巳

冬が深まり、「家」の庭の草木の「枯れ」が深まっていく。だが、その「家」は「電線につながれて」いて、絶え間なく電気が供給されている。日常的な風景のようであるが、冬の寂びれた家屋の背後に存在する、無尽蔵のエネルギーを思わせ、現代的で力強い句になっている。「つながれて」が、枯れてなお電気を食べ続ける「家」の哀れな性を思わせて、切ない。（『阿修羅』二〇二〇年一月刊行）季語＝冬枯（冬）

12日

漱石の頭はでかし冬帽も　橋本直

「でかい」という語は、「（非常に）大きい」という意味で、日常会話でよく使われる話し言葉だ。いわゆる「俗語」である。こうした荒っぽい言葉遣いが、この句の場合は活きている。「でかし」を「大き」などとすると、少し上品すぎるだろう。明治期の言文一致体の確立に一役買った「漱石」だけに、なおいっそう「でかし」の口語表現が、相応しく思われる。（『符籙』二〇二〇年七月刊行）季語＝冬帽子（冬）

13日

冬薔薇に開かぬ力ありしなり　　青柳志解樹

下五の「ありしなり」は、「あったのだ」ほどの意味か。「(昔の)冬薔薇には、開かない力があったものだ」。それは、「力」が足りなくて咲くことができなかったのではなく、能動的な「開かぬ力」というものがあったのだ。まるでそれは「冬薔薇」の意志でもあるかのように。そうした意志力が、時代と共に失われてゆくことを、作者は憂えているのであろう。(『松は松』一九九二年九月刊行)季語＝冬薔薇(冬)

14日

川の字に寝て乾電池めく霜夜　　守屋明俊

三人の人物が、「川の字」に並んで寝ている姿が、「乾電池」のようだ、という。この「乾電池めく」からは見た目の類似性だけでなく、この並んで眠る人々がそれぞれに微弱な電流を流し合いながら、お互いを必要とするかけがえのない関係にあることが伝わってくる。家族だろうか。霜の降る寒さ厳しい夜に、各々の電流を分かち合うことの幸せ、というべきか。(『蓬生』二〇〇四年八月刊行)季語＝霜夜(冬)

15日

それぞれの船のまはりに蜜柑浮く

佐々木六戈

海に浮いた幾艘かの「船」。その周りに、無数の「蜜柑」が浮いている。「それぞれの船」という表現が、ひとつひとつの「船」に個性を与えるかのようだ。運搬船から、積み荷の「蜜柑」が流出したのだろうか。印象的な景である。まるで、個性ある「船」たちを、海に浮く無数の「蜜柑」たちが囃し立てているような、不思議と賑やかで明るい印象を受ける一句。

(『佐々木六戈集』二〇〇四年二月刊行) **季語=蜜柑(冬)**

16日

ぴゆつと出て鴨南蛮の葱の芯

太田うさぎ

「鴨南蛮」は、熱い汁に鴨肉と葱が入った日本蕎麦。寒い季節に身体をあたためてくれる「鴨南蛮」は、「鴨肉」や「葱」に存在感があって、少なからず賑やかだ。「ぴゆつと出て」と、軽やかに表現されてはいるが、香ばしい葱の香りと、鴨の脂の甘みの中から飛び出したこの「葱の芯」は、とてつもなく高温で、今にも火傷しそうな、まさに〈現実〉そのものだ。

(『また明日』二〇二〇年五月刊行) **季語=葱(冬)**

17日

紙芝居狸はいつも不幸せ　今井肖子

この「狸」は、昔話に登場する「狸」だろう。昔話の「狸」は人を化かし、狡猾でおっちょこちょいな性格と相場が決まっている。「かちかち山」の狸などは、背中を燃やされ、泥船で沈められ、散々である。それは自業自得ではあるのだが、この句の作者は、「いつも不幸せ」と、共感のまなざしを投げかける。「そうだな」と思い、ちょっと優しい気持ちになる。（『花もまた』二〇一三年二月刊行）季語＝狸（冬）

18日

この部屋を方舟と決め冬の蠅　山田径子

「方舟」は、いわゆる「ノアの方舟」のことか。旧約聖書で、ノアと地上の生き物たちを大洪水から救った。この冬の蠅も、厳しい寒さを逃れて、暖かな「この部屋」を「方舟」としている。ポイントは「決め」の二字だろう。「この部屋を方舟と決め」たのは、「冬の蠅」だ。だが同時に、それを見ている〈私〉でもある。「決め」ることで、世界の方向が定まる。（『径』二〇〇六年五月刊行）季語＝冬の蠅（冬）

19日

生くるかぎり失ふ手袋の片方　有澤榠樝

「手袋の片方」を「失ふ」という、誰にでも経験のある出来事が、「生くるかぎり」の一語によって、〈私〉に普遍的に付きまとう〈失いやすさ〉を象徴する。この句で書かれていることは、もちろん「手袋」のことであり、同時に、それまでに失われてしまって、もはや思い出すことのない諸々の出来事であろう。そして残された、かけがえのないもう片方の手袋。（『平仲』二〇一二年七月刊行）季語＝手袋（冬）

20日

五体枯れ切らず息災ともいへず　伊藤白潮

「全身はまだ衰え切っていないが、だからといって健康であるとは言えない」。句意は明瞭である。ここでの「枯れ」の語は、あくまでも「老い」あるいは「衰え」を意味している。だが、この句の周囲にはいままさに「枯野」が広がっているのではないか。その「枯れ」が〈私〉へ押し寄せてくる。その〈切迫感〉が動機付けとなって、この句の根底を支えている。（『ちろりに過ぐる』二〇〇四年九月刊行）季語＝冬枯（冬）

21日

神の留守目的地にてまづは寝る

津髙里永子

陰暦十月は、八百万の神が出雲大社に集まるといわれ、神が留守になる地方では「神の留守」、逆に神が集まる出雲では「神在」などと呼ばれる。この句のポイントは「まづは」だろう。目的地では気忙しい予定が詰まっているのだが、「まづは寝る」のである。この「まづは」が「神の留守」と響き合い、あっけらかんとした、明るく伸びやかな気分を感じさせる。

(『寸法直し』二〇二二年二月刊行) 季語=神の旅(冬)

22日

急かされて急かされて今日小雪

佐怒賀直美

本日は二十四節気の「小雪(しょうせつ)」。わずかな雪の降る時節を意味する。この句の「小雪」は、実際に降っている「小雪(こゆき)」と解釈して差し支えないだろう。下五の「今日小雪」は、何度も何度も「急かされ」ながら、今日、ようやくわずかな降雪がもたらされた。都会の雪か。そこから転がり落ちるように冬は深まり、忙しい年の瀬を迎えるのだ。

(『眉』一九九八年二月刊行) 季語=雪(冬)

11月

23日

母もまた仕事勤労感謝の日　杉田菜穂

共働きやシングルマザーが増える社会で、「母」が働くことはもはや珍しくない時代になった。最近のある統計によれば、十八歳未満の子どもがいる世帯で、四人に三人が「働く母」であるらしい。この句の「母もまた」は、そうした時代背景を背負っているように思われる。「勤労感謝の日」は勤労を尊ぶ季語だが、この句にはもう少し深い感情があるように思う。（『関西俳句なう』二〇一五年三月刊行）季語＝勤労感謝の日（冬）

24日

木の葉ちるたび水の輪のそらにある　宇井十間

「木の葉ちる（散る）」という上から下へのベクトルに対して、「水の輪のそら（空）にある」と下から上への視線が交差する。重要なのは「たび」の一語によって、上下の動きが時間的なリズムの中に配置されていることだ。「木の葉」と「水の輪」も対句となっており、句全体がまるでメビウスの輪のように、表裏のねじれた、捉えがたい構造を生み出している。（『千年紀』二〇一〇年四月刊行）季語＝木の葉（冬）

25日

永久四十五《とはしじふご》三島忌修し皆老いぬ　　高橋睦郎

三島由紀夫が衝撃的な死を遂げたのは、一九七〇年（昭和四十五年）十一月二十五日。享年四十五歳。「永久四十五」とは、三島が永遠に四十五歳の姿を印象にとどめていることを示しているのか。三島の死後、残された者たちだけに流れる時間の長さに深く思いを馳せている。三島の死によって、作者はふたつの時間を生きることになったと言えるのかも知れない。（『十年』二〇一六年八月刊行）季語＝三島忌（冬）

26日

裸木よなきがらよりはあたたかし　　島谷征良

葉を落とした「裸木」は、まるで枯死したように見えるが、そうではない。季節が巡ればまた葉を茂らせ、その〈命〉を燃やし始める。一方で「なきがら（亡骸）」は〈死〉そのものであり、もはや〈命〉は戻らない。この「裸木」と「なきがら」の差を「あたたかし」と体温の差で捉えたのが句の眼目だ。もちろん、それは〈私〉と「なきがら」の差でもあるのだ。（『舊雨今雨』二〇一二年一月刊行）季語＝枯木（冬）

27日

京都弁じょうずに狐つかまえる　宮崎斗士

この句の「じょうず」は曲者である。いったい、この「じょうず」は言葉通りにとってよいのだろうか。はんなりとした「京都弁」が、この「じょうず」を複雑にしてはいないか。逆に、「狐（を）つかまえる」という坂東武者のような荒々しい行為が爽快で、底抜けに明るい。「狐」を中心に込み入った人間模様が見えるようでもあり、何とも賑やかで楽しい句だ。

（『翌朝回路』二〇〇五年十二月刊行）季語＝狐（冬）

28日

笛の音すわが玄郷の彼方より　石牟礼道子

石牟礼道子（一九二七年―二〇一八年）は、『苦海浄土　わが水俣病』で知られる小説家。彼女にとって「玄郷」とは、世俗的な生活とは別の次元にある、もっと根源的なもうひとつの世をいう。私たちは、常にこの「玄郷」からの「笛の音」に支えられながらこの世を生きている。この句の「わが」の響きは想像以上に重い。作者独自の深いまなざしに支えられた一句。

（『石牟礼道子全句集　泣きながら原』二〇一五年五月刊行）季語＝なし（無季）

29日

雪原へつながつてゐる長廊下　西山睦

「長廊下」が外界の光を取り込みながら、まっすぐに延びている。この句の場合、〈私〉はまだ「長廊下」の手前にいて、廊下の奥の暗がりの、さらにその先の建物の外界に広がる「雪原」への想念が先走り、それが「つながつてゐる」という感覚を生んでいるのだろう。「雪原」への〈私〉の期待や想像が、〈私〉の眼差しを通して「雪原」を引き寄せているのだ。（『火珠』二〇〇三年二月刊行）季語＝冬野（冬）

30日

十一月うすき扉のやうに風　河内静魚

十一月が終わる。まるで「うすき扉」があるかのように、風が吹いている。この句の「風」には〈こちら側〉と〈向こう側〉がある。それは空間的なものであると同時に時間的なものでもある。「うすき扉」の〈向こう側〉には、〈こちら側〉とは違う時間が流れていて、そこはもう「十一月」ではないのかも知れない。「十一月」でなければ、この感触は得られない。（『夏風』二〇一二年二月刊行）季語＝十一月（冬）

十二月

1日

さざんくわはいかだをくめぬゆゑさびし　中原道夫

この「さびし」は、誰がさびしいのか。「山茶花は筏を組めない」、そのことを〈私〉がさびしがっているのか。それとも、「筏を組めない」ことを「山茶花」自身がさびしがっているのか。ここでは、後者で読みたい。「山茶花が筏を組めない」ことが、山茶花を主体化し、山茶花自身の〈さびしさ〉として表出した。それは新しい〈さびしさ〉のかたちだと思う。（『巴芹』二〇〇七年九月刊行）季語＝山茶花（冬）

2日

兎《と》に角《かく》も詩人に博徒ぞ空つ風　水野真由美

〈意味〉を追えば、「詩人」の作者が同時に「博徒」でもある、という。「空つ風」の吹く屋外で、競馬でもしているのか。唐突な上五の「兎に角も」が〈意味〉を加速する。だが、その〈意味〉を少し離れて眺めてみると、「兎／角／詩人／博徒」の生命力ある語句に、「空つ風」が吹く。まるで、冬の冷たく乾燥した風に生命が憑依するような、そんな趣がある。（『八月の橋』二〇〇八年八月刊行）季語＝空風（冬）

3日

ふくろふと向かひあはざるふくろふよ

青山茂根

一羽の「ふくろふ」と、それに「向かひあは」ない、もう一羽の「ふくろふ」。「向かひあは」ないことで、この二羽は、決して重なり合うことはない。少し深読みすれば、この二羽は、実は一羽の「ふくろふ」なのかも知れない。「ふくろふ」と、その内に棲みながら、己と重なり合うことを拒絶する、真なる「ふくろふ」。人もまた、似たようなものではないか。（『BABYLON』二〇一一年八月刊行）季語＝梟（冬）

4日

狐火消ゆ金の狐をしたがえて

齋藤愼爾

「狐火」は、闇夜に見える原因不明の青白い光で、狐が口から吐く火ともいわれる幻想的な季語である。一方、「金の狐」とは、伝承的な「善」を象徴する「金狐」のことか。この句は「狐火消ゆ」で切れ、「金の狐をしたがえ」る主体は〈私〉であると読みたい。ふたつの「狐」が緊張感を生み、「金の狐」を従えた〈私〉の、寡黙で凛々しい佇まいが想像される。（『冬の智慧』一九九二年三月刊行）季語＝狐火（冬）

5日

上着きてゐても木の葉のあふれ出す

鴇田智哉

「上着」は、防寒着のことか。「あふれ出す」が、「木の葉」という寒々と枯れたイメージに逆らい、限りなく豊かなイメージを喚起する。この「木の葉」は、身体の内からとめどなく湧きあがり、〈愛〉や〈情熱〉のように制御ができない。「上着」でそれを抑えようとしても、「木の葉」は〈命〉そのもののように溢れることを止めず、〈主体〉を燃やし続ける。（『凧と円柱』二〇一四年九月刊行）季語＝木の葉（冬）

6日

荒海の音のぶつかる白障子

菊田一平

この「荒海の音」はどこから来るのだろうか。「白障子」の向こうから「荒海」の音だけが聞こえている。その「荒海」自体は見えていない。だとすれば、この「荒」は作者の内から生まれた語で、この「海」は「白障子」の向こうから、作者に荒々しく呼びかけてくる〈主体〉だ。作者自身の精神を守護する薄い皮膜を、「白障子」は清らかに象徴している。（『どつどどどう』二〇〇二年七月刊行）季語＝障子（冬）

7日

寒鴉歩く聖書の色をして　高勢祥子

聖書では、「鴉」は忌み嫌うべき鳥として描かれる。だが、この「鴉」は「聖書の色をして」いる、というから皮肉だ。もちろん、この「寒鴉」の「聖書の色」は、それを見る〈私〉の眼差しが生みだした〈聖なるもの〉である。冷たい冬の地面を歩く「寒鴉」の姿に〈聖なる光〉が差し込んで、〈私〉の眼差しは素直にその〈光〉を「聖書の色」として捉えたのだ。（『昨日触れたる』二〇一三年九月刊行）季語＝寒鴉（冬）

8日

白息を殺して人を通すかな　西山ゆりこ

「人を通すかな」はずいぶんと省略された表現だが、それが逆に、そのために殺された「白息」という〈主体〉を起ちあげる。「息を殺す」とは、「息をつめてじっとしていること」だが、ここでは「白息」を「殺して」いて、ただ「息を殺す」よりも、「白息」に実体感がある。それによって、いま目の前を通り過ぎる人物に対する、殺伐とした心理も感じられる。（『天の川銀河発電所』二〇一七年九月刊行）季語＝息白し（冬）

9日

冬の金魚家は安全だと思う

越智友亮

金魚鉢で悠々と生きる「冬の金魚」の安寧を眺めている。そんな〈私〉自身もまた、「家」に守られていて、「安全だと思う」。そうした入れ子状の「安全」への思いと同時に、未知なる外部への〈不安〉についても、〈私〉は気づいている。ただ、その外部は常に想像のもので、ゆえにその〈不安〉は永続的なものでもある。明るさのなかに、一抹の影が差し込む。（『ふつうの未来』二〇二二年六月刊行）季語＝冬（冬）

10日

ペンギンと共に師走を肱二つ

ドゥーグル・J・リンズィー

作者が海洋生物学者であることを考えると、上五の「ペンギンと共に師走を」は不自然ではないし、ペンギンとの共同性まで感じられ、むしろ興味深い。ちなみに、調べてみたところ、ペンギンにも骨格上の「膝」や「肱」があるという。ペンギンもまた、人間の〈私〉と同じ「肱」という骨格構造をもち、〈私〉と共に師走の季節を働いている。不思議な〈愛〉を感じさせる一句。（『出航』二〇〇八年十二月刊行）季語＝師走（冬）

11日

冬菊の震への蝶におよびたる　石嶌　岳

「冬菊」に「蝶」がとまっている。その小刻みな揺れは、「冬菊」から「蝶」に伝わったものだ、という。普通なら、「蝶」の動きが「冬菊」に影響を及ぼすのが自然と思われるが、この句の把握は逆である。それはまるで、「冬菊」と「蝶」との間で、〈いのち〉を交換し合っているようでもある。「冬」の自然界で静かに営まれる一瞬を、厳かに描き出している。

(『非時』二〇二〇年九月刊行)　季語＝冬菊（冬）

12日

どれとなく彼方のものを鶴と指す　谷口智行

掲句では、「鶴と指す」とあるが、それが「鶴」であることは定かではない。だがここでは、〈私〉がそれを「指す」ことこそが、そこに「鶴」を在らしめる。もはや、「彼方のもの」のどれかが「鶴」である、というより、「鶴」こそが「彼方」そのものだ、と言うべきだろう。言われてみれば、「鶴」とはそういう鳥である気がする。それは「鶴」であればこそ。(『藁嬶』二〇〇四年六月刊行)　季語＝鶴（冬）

13日

魴鮄のつばさに瑠璃の斑を隠す　大屋達治

一見、驚いたような顔をしたユーモラスな「魴鮄」は、胸びれを「つばさ」のように広げ、その付け根あたりに生えた脚のようなものを動かして、海底を歩くことができる。広げた胸びれは、ヘンテコな見た目からは想像しがたい美しい青緑色で、そこには「瑠璃（色）の斑」が隠されている。愛嬌ある姿の奥にひそむ隠された美しさを、この作者の目は見逃さない。（『寛海』一九九九年七月刊行）季語＝魴鮄（冬）

14日

湯豆腐や死後に褒められようと思ふ　藤田湘子

「死後」というまだ到来していない時間。仮にそこで褒められたとしても、当たり前のことながら、それを望んだ〈私〉はすでに存在しない。〈褒められたい私〉と、〈褒められる私〉は、永遠に一致することがない。〈私〉は、それをよく理解している。〈私〉が〈私〉自身と一致している〈いま／ここ〉には、「湯豆腐」が湯気を立てて、確かに存在している。（『前夜』一九九三年十二月刊行）季語＝湯豆腐（冬）

15日

海峡に鯨うすむらさき縷々と　　田中亜美

「海峡」を「鯨」たちが群れになって泳いでゆく。「縷々と」によって、「海峡」に並んだ「鯨」たちの視覚的な広がりと、その光景に対する止めどない思いが重なる。「海峡に鯨」の後の切れを考慮すると、「うすむらさき」は、朝夕の空が焼ける時間の色彩とも読める。まるで、「うすむらさき（色）」が「鯨」たちから染み出てきたような、不思議な印象の一句。（『戦後生まれの俳人たち』二〇一二年十二月刊行）季語＝鯨（冬）

16日

キャバ嬢と見てゐるライバル店の火事　　北大路　翼

煌びやかな歓楽街の火事――それは、〈私〉と「キャバ嬢」と「ライバル店」との関係性の狭間で発生した、すこぶる〈現実的〉なものである。まぶしい色彩も、賑やかな音楽も、そして華麗なサービスのすべてが静かに音を立てて灰になる。敵対心も虚栄心も、この〈現実的〉な炎に比べれば、些事に過ぎない。夜の歓楽街に、呆然と暗い穴が広がるような一句だ。（『天使の涎』二〇一五年四月刊行）季語＝火事（冬）

17日

そのみづのどこへもゆかぬ火事の跡

大塚　凱

「そのみづのどこへもゆかぬ」は、平仮名のみで記述され、まるで囁きのような透明感ある文字列に見える。だがそれは、下五の「火事の跡」によって忽ち不穏なものに転換する。「どこへもゆかぬ」とは、「そのみづ」があたかも生き物であるかのようだ。それは黒い焦げ跡から逃れられずに〈現実〉の地表にとどまり、何も言わずにじっとこちらを睨みつけている。（『天の川銀河発電所』二〇一七年九月刊行）季語＝火事（冬）

18日

ほつこりを食ぶるほがほが言ふ人と

茨木和生

「ほつこり」は冬の季語で「焼藷」の傍題。かつて関西では、芋を丸い箱に入れ、「ほっこりほっこり」と呼びながら売り歩いたという。この季語も面白いが、それを「ほがほが」と言いながら食べているのも面白い。この「ほがほが」は、言葉になる前のオノマトペで、言葉としての意義はない、にもかかわらず、この人物を豊かに想像させる。見事である。（『倭』一九九八年二月刊行）季語＝焼藷（冬）

19日

まだもののかたちに雪の積もりをり

片山由美子

雪が積もり、世界の凹凸を均してしまう。だが、そこにはまだ「もののかたち」が残っている。「もの」が世界に固有の輪郭を持ち得るのは、その〈存在〉自体が時空に抵抗するからだ。この句の「もののかたち」は、冷たい雪の向こう側から主体的にそこに顕れようとする。それはまるで、ものが〈存在〉する前の、パラドキシカルな〈存在〉の仕方であるように。（『風待月』二〇〇四年七月刊行）季語＝雪（冬）

20日

お祈りをしたですホットウイスキー

佐藤智子

お祈りを「したです」――この幼児退行したような言葉遣いが、この句の眼目である。「した＋です」と助動詞に捻りを加えたことで、「お祈りをした」主体と、それを「〜です」と報告する主体が分割され、まるで子どもが鏡のなかの自分の姿を不思議そうに眺めているかのように、〈私〉が多重化する。舌足らずな言葉遣いだが、どこか切実な響きを感じさせる。（『ぜんぶ残して湖へ』二〇二一年十一月刊行）季語＝ホットドリンク（冬）

21日

忘年や水に浸りてよべのもの　山田露結

忘年会だったのだろうか。そこには、「よべ（昨夜）のもの」が水に浸っているという。この「よべのもの」とは、忘年会で使った食器などだろうか。昨夜の大いなる食欲の名残りと、ふたたび始まる朝の気だるさに、夕フでポジティブな生きざまを感じさせる。今年も終わりに近づいている。だが、私たちは、力を込めて、いつもの日常を生き続けねばならない。

（『ホームスウィートホーム』二〇一二年十二月刊行）季語＝年忘（冬）

22日

日が近くありて冬至の葎《むぐら》刈る　藤田あけ烏

本日は二十四節気の「冬至」である。太陽の高度が最も低く、一年で最も昼の時間が短い。この句の「日」の近さとは、「冬至」ならではの太陽の低さであろうか。そこで〈私〉は雑草の生い茂った「葎」と格闘しているのだが、もたもたしているとすぐに夜が来てしまう。冬の太陽に急かされるような落ち着かなさと、「冬至」ならではの生活の匂いが感じられる。

（『赤松』一九九七年十月刊行）季語＝冬至（冬）

23日

数へ日の門ゆるき父母の家　　辻　美奈子

言うまでもなく、「門」は扉を開かないようにするためのものだ。この句の「父母の家」は、その「門」がゆるい。日頃から「父母の家」の「門」がゆるいことを、「物騒だわ」などと、子どもながらに憂慮していたのかも知れない。そして、暮れの押し迫ったある日、実家に帰ってふと気づいたのだ。その「門」のゆるさこそが、父母の寛容さであるということに。

（『真咲』二〇〇四年六月刊行）季語＝数へ日（冬）

24日

クリスマスケーキ買いたし　子は散りぢり　　伊丹三樹彦

本日はクリスマスイブ。子どもたちは成長し、みな独り立ちして各々の生活を暮らしている。残された老夫婦に「クリスマスケーキ」は大きすぎるかも知れない。クリスマスイブの賑やかさと、老夫婦の侘しさ、子どもたちの幸福が重なって、複雑な感情を生む。中七の後の一字空けによって、この老夫婦は結局、ケーキを買うことはなかったのだろう、と想像した。

（『知見』二〇〇七年十二月刊行）季語＝クリスマス（冬）

25日

ぬくもりは吹き残されてクリスマス　秋尾　敏

クリスマスである。冷たい風が他のものを吹き飛ばした後に「残され」たのは「ぬくもり」だったという。この「ぬくもり」は、家族のものか、恋人のものか。いずれにせよ、クリスマスの喧騒のなか、己の身の内に「ぬくもり」が奪われることなく残っているということに、深い孤独と未来への希望を感じさせる。都会に生きる者の輪郭を強く縁取ったような一句。

(『ふりみだす』二〇一九年十一月刊行) 季語＝クリスマス(冬)

26日

霜掃きし箒しばらくして倒る　能村登四郎

「霜」を掃いた「箒」を立て掛けておくと、しばらくして自ずから倒れた。冬の静けさのなかに、見えざる何者かの〈ちから〉を感じさせる。その〈ちから〉は、「箒」を倒すこともあれば、〈私〉にそれとなく働きかけ、〈私〉を生かす。「しばらくして」というわずかな時間の経過を発見したのが、この句を特別なものにした。つくづく達人のなせる業だと思う。(『長嘯』一九九二年八月刊行) 季語＝霜(冬)

27日

ふかふかの手袋が持つ通信簿

井上康明

学期末、学校からの「通信簿」で、子どもたちは成績を査定されてしまう。だが言うまでもなく、実際の子どもたちは「通信簿」の評価以上に、多様で複雑で賑やかだ。そんな数字や記号で評価できない活き活きとした子どもたちの様子が、「ふかふかの手袋」に豊かに象徴されている。いつの時代も、子どもの豊かさこそが、大人たちにとっての「通信簿」である。(『四方』二〇〇〇年十二月刊行) 季語＝手袋(冬)

28日

行く年の水平らかに鳥のこゑ

岩岡中正

今年も残り少なくなった。この句の「平らか」さは、「水」の「平らか」さのみでなく、あらゆるものが「平らか」に〈私〉に迫ってくる。「行く年」という〈時間〉、「水」という〈物質〉、そして「鳥のこゑ」という〈音〉、これら全てが「平らか」に広がる。この「行く年」の「平らか」さは、今年一年の様々な苦難を包み込んで、静かに未来へと続いてゆく。(『相聞』二〇一五年八月刊行) 季語＝行く年(冬)

29日

水底のすみずみに日や年詰まる　蘭草慶子

「水底」に差し込んだ日の光が、その「すみずみ」にまでゆき渡り、まるで「水底」から、上層のうす暗い「水」のかたまりを支えているかのように見える。見方を変えれば、暗然たる「水底」から、新しい光が湧きあがってくるような様相にも感じられる。去り行く一年を振り返りながら、また新たな一年が「水底」の日の光のように、生まれ出るのを待っている。（『櫻翳』二〇一五年十月刊行）季語＝年の暮（冬）

30日

断面のやうな貌から梟鳴く　津川絵理子

確かによく見てみると、「梟」というのは、まるで樹木を削り取った「断面」に、眼と嘴をつけたような独特な「貌」をしている。「から」の格助詞によって、その「貌」の奥から、もう一羽の「梟」がのぞき込むように鳴いているようでもあり、そうして梟の「貌」がマトリョーシカのごとく無限に連なるような、実に摩訶不思議なイメージを与えてくれる一句だ。（『夜の水平線』二〇二〇年十二月刊行）季語＝梟（冬）

31日

除夜の鐘僧の反り身を月光に

山田弘子

大晦日。僧侶が、「除夜の鐘」を打つ。まるで身を投げ出すように、その体を反らせる。「反り身を月光に」の措辞は、まるで僧侶が己自身を「月光」に捧げているかのようだ。「除夜の鐘」の一〇八回という回数の由来は諸説あるらしいが、それはともかく、この「僧の反り身」が繰り返される、というただそれだけで、なんだか邪気が浄化されるような気がする。（『春節』二〇〇〇年三月刊行）季語＝除夜の鐘（冬）

平成の終焉、そして俳句の展望など――『平成の一句』あとがき

本書は平成期に詠まれた、あるいはその時期に発表された俳句作品について一日一句、一年三六五句を鑑賞したものです。同時に、一人でも多くの俳人に登場していただきたいと考え、一日に一人、一年三六五人の俳人を取り上げました。

平成は一九八九年一月八日から二〇一九年四月三十日まで約三十年続きました。平成という時代がどのような時代だったのか、あるいはその期間の俳句史がどのようなものだったかといった詳細な分析は筆者の手に余るので、それについては然るべき専門家に譲りたいと思います。

実は、私自身が俳句を始めたのが一九八九年の初頭でした。高校受験が終わり、時間を持て余していたときに父に誘われて結社「炎環」の句会に遊びに行ったのが同年の二月か三月ごろだったと記憶しています。いま思えば、平成のはじまりが私にとっての俳句人生のはじまりでした。

当時はまだ戦後に活躍した俳人たちが存命でした。加藤楸邨、山口誓子、阿波野青畝、能村登四郎、藤田湘子、桂信子、三橋敏雄、佐藤鬼房、鈴木六林男、永田耕衣、攝津幸彦、飯島晴子、阿部完市など、錚々たる俳人たちがまだ現役として活躍していました。俳句の総合誌上では、特に金子兜太が大活躍中で、夏石番矢、長谷川櫂、小澤實、岸本尚毅といった名前がトップランナー

として登場し始めた頃でした。

平成前夜、一九八三年に田中裕明が二十二歳という当時の史上最年少で角川俳句賞を受賞し、一九八七年には俵万智の歌集『サラダ記念日』が全国的なベストセラーとなりました。平成期初頭の俳壇にも「俳句界の万智ちゃんを探せ！」といった雰囲気がなんとなく漂っていたのを覚えています。

平成の三十年を十年単位で大きく三つに分けて私的に概観すると、最初の十年は二十世紀の最後の十年にほぼ該当し、この期間に、楸邨、誓子、耕衣ら、「大家」と呼ばれた多くの俳人たちがこの世を去りました。当時の私にとっても、それは昭和俳壇の大きな星の瞬きがひとつずつ消えていくような、寂しい出来事でもありました。特に楸邨の逝去は、当時「寒雷」の句会に顔を出し始めていたこともあり、実に残念に感じたことを覚えています。

次の十年はゼロ年代と呼ばれた時代で、髙柳克弘や神野紗希、佐藤文香、関悦史といった若手俳人が一斉に登場した時代でした。二〇一〇年に刊行されたアンソロジー『新撰21』はこうしたゼロ年代の俳人を中心に当時あまりスポットの当たらなかった若い世代の俳人たちに注目が集まるきっかけとなりました。また、俳句甲子園の影響でさらに若い俳人たちが登場し始めたのもこの時代からだったと記憶します。

そして最後の十年では、二〇一一年に東日本大震災、そして福島第一原発事故が発生し、俳壇のみならず日本人全体が大きな傷を負った時代となりました。筆者の個人的な状況ですが、鴇田智哉、宮本佳世乃らと同人誌『オルガン』をスタートし、そうした時代状況における俳句のあり方について内に外にずいぶんと意見を交わした時代でした。

こうして平成期を個人的に概観してみると、懐かしいという思いも然ることながら現在もなお続いている俳句的課題について改めて考えさせられます。

ところで、ドイツの哲学者ヘーゲルの「ミネルヴァの梟は黄昏に飛び立つ」という言葉は有名ですが、当時の平成という時代をリアルに生きていた俳人たちにとって、その時代の俳句史的意味は明確なものではありませんでした。当時の多くの人々にとって平成という時代はあくまでも「激動の昭和」の続きであり、「戦後」という大きな時代区分のなかで高度経済成長後のバブル期が終焉を迎え、いよいよ長い不景気へと入っていく現在進行形の「いま」でした。いまでもよく言われる「氷河期世代」こそが、まさに私自身が社会人となった時代の呼び名でもありました。ある意味で「平成」は「昭和」の息子のような時代であり、ミネルヴァの梟はまだ時代の樹の高所に留まったままだったのです。

そしてついに「平成」が終わり「令和」がやってきました。ちなみにこの「あとがき」は令和六年の十一月に執筆しています。

「令和」という時代は、新型コロナウィルス感染症の世界的な流行から始まり、ロシアによるウクライナへの侵略戦争、そしてイスラエルによるパレスチナのガザ虐殺といった国際的な混乱のなかで時代の見通しがまるでつかなくなった現在、皮肉なことに、ようやく「平成」という時代がどのようなものだったかが、おぼろ気ながら見えてきたように思われます。

「昭和」という時代が「明治・大正・昭和」と三つ組みで語られるように、「平成」もまた「昭和・平成・令和」という三つ組みで語られるべきなのかも知れません。

俳句では「写生」ということがよく言われます。明治期の正岡子規から始まったこの「写生」は、高浜虚子の「客観写生」を経て、多くの「写生」論を生み出しました。大きなひとつの概念としての「写生」ではなく、さまざまな「写生」の在りようが多くの俳人によって語られてきました。一方、この「写生」が対象としている世界もまた激しく多様化しています。

「多様性」という言葉は、いま最も重要なキーワードとなっています。「多様性」とは、端的に言えば「いろいろなものがある」という意味ですが、それはある種のカタログのような意味で「いろいろある」ということではありません。「多様性」とは、何ものかによって選ばれたものが複数ある、という意味に留まらず、むしろひとつの大きなグラデーションのように、無数の異なる属性のものたちが、時間的にも空間的にも無限に広がっていることを示しているのです。

俳句は多様性の文芸である、と言った場合、それは「いろいろな俳句が書かれている」という意味だけでなく、過去にも未来にも、すでに書かれた俳句も、書かれる可能性があった俳句も、そしてこれから書かれ得る俳句も、そこには無限の俳句が広がっている、ということです。この「無限」というイメージが持てるかどうか、それがいまこの令和の時代に問われています。

一方でかつて昭和期には「俳句の本質」ということが言われました。俳句を俳句たらしめるたった一つの「本質」があると信じられてきました。それは、あるときは「花鳥諷詠」であったり、あるときは「有季定型」であったり、そしてまたあるときは「切れ」であったりしたかも知れません。そしてこの「俳句の本質」をめぐる対立軸が多くの論争を呼び、戦後の俳句界を賑やかにしたのです。

「平成無風」という言葉があります。これは平成期において昭和の頃のような論争が失われ、まるで凪のように穏やかだった平成俳壇の様子を揶揄する言葉として知られています。確かに振り返ってみると平成期には俳句史に残るような本質的な議論や俳句論があまり見当たらないようにも思われます。けれどもそれは昭和期に議論された「俳句の本質」なるものが失われたことを意味しません。むしろ、そうした「本質」が相対化され、俳人の数だけ「俳句の本質」がある、とされた時代だったと言えるでしょう。

こうして昭和期の「たった一つの本質」を求める時代から、令和期の「無限の多様性」が求められる時代への変遷の中で人々の真理は複数化しました。平成という時代はいわばその間の架け橋のような時代で、言い換えれば、人々がそれぞれの信じる真理を生きた時代だったと言えるかも知れません。

本書は、そうした平成期に書かれた作品をまとめたアンソロジーです。これらの作品は、一句としての表現のみならず、それを書いた俳人たちの経験と個々の俳句観のなかから生み出されたものでした。本アンソロジーは、そうした個々の真理の集合体でありながら、今もなお俳句という全体像に「俳句以上」の無限の可能性が拓かれていることのささやかな証左となるのではないでしょうか。

平成が過ぎ去った今、俳句は大事な分岐点を迎えているように思われます。昭和期の（あるいはそれ以前の）、大いなる俳句の本質を取り戻そうと苦悶するのか、それとも俳句そのものを脅かす可能性が高い、目に見えない俳句の他者性と格闘するのか。それはつまり、「俳句は俳句である」という大いなるトートロジーに留まるか、「俳句は俳句以上のものである」という欲望を受け入れるか、という分岐点です。

時代が多様化し無限の波が押し寄せるなかで、私たちは〈他者〉と向き合いながら固有の生を生きなければなりません。その中で書かれる俳句は、一句一句が臨床的な意味で私たちの欲望を指し示しています。

そうした意味では、本書『平成の一句』には続きがあって、その「続き」とは、まさに俳句がこれからも日々、一句一句、人々の固有の真理のなかで書き継がれるということ、そのような継続への期待——そのことに他なりません。

令和六年一一月

田島健一

季語索引

秋［あき］（秋）……154・155・178
秋麗［あきうらら］（秋）……139・175
秋風［あきかぜ］（秋）……136・143・176
秋澄む［あきすむ］（秋）……156
秋高し［あきたかし］（秋）……176
秋の雨［あきのあめ］（秋）……181
秋の空［あきのそら］（秋）……181
秋の蝶［あきのちょう］（秋）……173
秋の灯［あきのひ］（秋）……146・172
秋彼岸［あきひがん］（秋）……160
秋祭［あきまつり］（秋）……174
蘆の角［あしのつの］（春）……46
汗拭ひ［あせぬぐい］（夏）……83
暖か［あたたか］（春）……63・72
油照［あぶらでり］（夏）……128
水馬［あめんぼ］（夏）……83
鮎［あゆ］（夏）……95
霰［あられ］（冬）……13
蟻［あり］（夏）……88・115
息白し［いきしろし］（冬）……206
泉［いずみ］（夏）……92
磯巾着［いそぎんちゃく］（春）……71
糸蜻蛉［いととんぼ］（夏）……85
稲干す［いねほす］（秋）……158
色鳥［いろどり］（秋）……156
薄氷［うすらい］（春）……26
打水［うちみず］（夏）……132
空蟬［うつせみ］（夏）……123
梅［うめ］（春）……28・32・35
遠足［えんそく］（春）……61
豌豆の花［えんどうのはな］（春）……42
扇［おうぎ］（夏）……121
桜桃忌［おうとうき］（夏）……104
桜桃の実［おうとうのみ］（夏）……131
オクラ［おくら］（秋）……159
お玉杓子［おたまじゃくし］（春）……54
男郎花［おとこえし］（秋）……151
朧［おぼろ］（春）……52
泳ぎ［およぎ］（夏）……121・122・126
蚊［か］（夏）……90
柿［かき］（秋）……168・185
火事［かじ］（冬）……210・211
数の子［かずのこ］（新年）……10
霞［かすみ］（春）……37
数へ日［かぞえび］（冬）……214
蝸牛［かたつむり］（夏）……98・102
蟹［かに］（夏）……123・127
黴［かび］（夏）……89
神の旅［かみのたび］（冬）……195
鴨［かも］（冬）……15
空風［からかぜ］（冬）……203

枯木［かれき］（冬）……197
蛙［かわず］（春）……64・67
翡翠［かわせみ］（夏）……103
寒鴉［かんがらす］（冬）……206
寒鯉［かんごい］（冬）……25
邯鄲［かんたん］（秋）……138
元朝［がんちょう］（新年）……7
寒露［かんろ］（秋）……170
桔梗［ききょう］（秋）……145
菊［きく］（秋）……139・159
菊供養［きくくよう］（秋）……175
帰省［きせい］（夏）……127
狐［きつね］（冬）……198
狐火［きつねび］（冬）……204
虚子忌［きょしき］（春）……62
霧［きり］（秋）……153
桐一葉［きりひとは］（秋）……140
金魚［きんぎょ］（夏）……114・117
金魚売［きんぎょうり］（夏）……91
勤労感謝の日［きんろうかんしゃのひ］（冬）……196
九月［くがつ］（秋）……149
草笛［くさぶえ］（夏）……87
鯨［くじら］（冬）……17・210
葛掘る［くずほる］（秋）……162
クリスマス［くりすます］（冬）……214・215
胡桃［くるみ］（秋）……177
啓蟄［けいちつ］（春）……43
鶏頭［けいとう］（秋）……170
夏至［げし］（夏）……105
毛虫［けむし］（夏）……87
原爆の日［げんばくのひ］（夏）……133・135
紅梅［こうばい］（春）……50
氷［こおり］（冬）……21
蟋蟀［こおろぎ］（秋）……135
五月［ごがつ］（夏）……79
穀象［こくぞう］（夏）……104
小鳥［ことり］（秋）……180
木の葉［このは］（冬）……196・205
木の芽［このめ］（春）……60
辛夷［こぶし］（春）……69
更衣［ころもがえ］（夏）……96・108
桜［さくら］（春）……53・70
石榴［ざくろ］（秋）……185
山茶花［さざんか］（冬）……203
猿酒［さるざけ］（秋）……168
三月［さんがつ］（春）……41・47・54
山椒魚［さんしょううお］（夏）……106
四月［しがつ］（春）……60
四月馬鹿［しがつばか］（春）……59
子規忌［しきき］（秋）……158
時雨［しぐれ］（冬）……16・17
七月［しちがつ］（夏）……113
注連飾［しめかざり］（新年）……9
霜［しも］（冬）……215
霜夜［しもよ］（冬）……191
ジャケツ［じゃけつ］（冬）……18
沙羅の花［しゃらのはな］（夏）……105
十一月［じゅういちがつ］（冬）……188・199

秋思［しゅうし］（秋）……141
終戦記念日［しゅうせんきねんび］（秋）……138
秋分［しゅうぶん］（秋）……160
春光［しゅんこう］（春）……33・34
春愁［しゅんしゅう］（春）……37
春塵［しゅんじん］（春）……28
春分［しゅんぶん］（春）……51
正月の凧［しょうがつのたこ］（新年）……11
障子［しょうじ］（冬）……205
上布［じょうふ］（夏）……91
除夜の鐘［じょやのかね］（冬）……218
白靴［しろぐつ］（夏）……81
師走［しわす］（冬）……207
西瓜［すいか］（秋）……150
涼し［すずし］（夏）……108
菫［すみれ］（春）……49
鶺鴒［せきれい］（秋）……145・153
霜降［そうこう］（秋）……178
雑煮［ぞうに］（新年）……8
体育の日［たいいくのひ］（秋）……171
大暑［たいしょ］（夏）……124
颱風［たいふう］（秋）……144・154
鷹渡る［たかわたる］（秋）……157
滝［たき］（夏）……109・117
狸［たぬき］（冬）……193
蒲公英［たんぽぽ］（春）……44
遅日［ちじつ］（春）……50
チューリップ［ちゅーりっぷ］（春）……43・63
蝶［ちょう］（春）……45・59・61・62
月［つき］（秋）……141
つくつく法師［つくつくほうし］（秋）……149
椿［つばき］（春）……29・65
燕帰る［つばめかえる］（秋）……151
露［つゆ］（秋）……152
露草［つゆくさ］（秋）……152
露寒［つゆざむ］（秋）……179
梅雨空［つゆぞら］（夏）……96
梅雨の月［つゆのつき］（夏）……97
鶴［つる］（冬）……20・208
手袋［てぶくろ］（冬）……194・216
東京大空襲忌［とうきょうだいくうしゅうき］（春）……45
冬至［とうじ］（冬）……213
蟷螂［とうろう］（秋）……137・167・172
年の暮［としのくれ］（冬）……217
年忘［としわすれ］（冬）……213
鳥帰る［とりかえる］（春）……33
鳥の巣［とりのす］（春）……68
蜻蛉［とんぼ］（秋）……182
夏越［なごし］（夏）……109
梨［なし］（秋）……161
夏［なつ］（夏）……78・99
夏野［なつの］（夏）……101
夏の潮［なつのしお］（夏）……85
夏の空［なつのそら］（夏）……86
夏の蝶［なつのちょう］（夏）……103
夏の月［なつのつき］（夏）……115
夏の山［なつのやま］（夏）……106
夏帽子［なつぼうし］（夏）……107
夏蜜柑［なつみかん］（夏）……73

撫子「なでしこ」（夏）……140
菜の花「なのはな」（春）……53
海鼠「なまこ」（冬）……13
縄飛「なわとび」（冬）……10
二月「にがつ」（春）……36
虹「にじ」（夏）……99
葱「ねぎ」（冬）……20・192
猫の子「ねこのこ」（春）……47
熱帯魚「ねったいぎょ」（夏）……125
年始「ねんし」（新年）……8
後の月「のちのつき」（秋）……171
萩「はぎ」（秋）……187
葉桜「はざくら」（夏）……80
裸「はだか」（夏）……120
初鰹「はつがつお」（夏）……84
初蝶「はつちょう」（春）……41
初夢「はつゆめ」（新年）……7
花「はな」（春）……55・66
花野「はなの」（秋）……137
花火「はなび」（夏）……122

帚木「ははきぎ」（夏）……133
蛤「はまぐり」（春）……29
薔薇「ばら」（夏）……80・86・107
春「はる」（春）……27・32・35・38・51・56
春落葉「はるおちば」（春）……72
春着「はるぎ」（新年）……9
春北風「はるきた」（春）……34
春の風邪「はるのかぜ」（春）……31
春の月「はるのつき」（春）……30
春の星「はるのほし」（春）……36
春の夜「はるのよ」（春）……48
春疾風「はるはやて」（春）……55
春深し「はるふかし」（春）……65
バレンタインの日「ばれんたいんのひ」（春）……31
ハンモック「はんもっく」（夏）……82
蟇「ひきがえる」（夏）……82・132
蜩「ひぐらし」（秋）……142
氷頭膾「ひずなます」（秋）……169
日永「ひなが」（春）……68

雛祭「ひなまつり」（春）……42
向日葵「ひまわり」（夏）……100・113・124
ヒヤシンス「ひやしんす」（春）……49
冷やか「ひややか」（秋）……187
枇杷の花「びわのはな」（冬）……189
風船「ふうせん」（春）……30
プール「ぷーる」（夏）……119
蕗味噌「ふきみそ」（春）……64
梟「ふくろう」（冬）……19・204・217
藤「ふじ」（春）……70
葡萄「ぶどう」（秋）……163
船虫「ふなむし」（夏）……118
冬「ふゆ」（冬）……11・207
冬枯「ふゆがれ」（冬）……190・194
冬木「ふゆき」（冬）……25
冬菊「ふゆぎく」（冬）……208
冬野「ふゆの」（冬）……199
冬の朝「ふゆのあさ」（冬）……15
冬の空「ふゆのそら」（冬）……189
冬の蝿「ふゆのはえ」（冬）……193

冬薔薇［ふゆばら］（冬）……191
冬晴［ふゆばれ］（冬）……14
冬帽子［ふゆぼうし］（冬）……190
ぶらんこ［ぶらんこ］（春）……44
文化の日［ぶんかのひ］（秋）……186
噴水［ふんすい］（夏）……89
蛇［へび］（夏）……100
蛇穴に入る［へびあなにいる］（秋）……167・179
鳳仙花［ほうせんか］（秋）……162
魴鮄［ほうぼう］（冬）……209
星合［ほしあい］（秋）……134
蛍［ほたる］（夏）……118
ホットドリンク［ほっとどりんく］（冬）……212
祭［まつり］（夏）……102・114
蜜柑［みかん］（冬）……192
三島忌［みしまき］（冬）……197
水澄む［みずすむ］（秋）……144
水鉄砲［みずでっぽう］（夏）……116
霙［みぞれ］（冬）……26
三椏の花［みつまたのはな］（春）……52
みどりの日［みどりのひ］（春）……78
蓑虫［みのむし］（秋）……157
蚯蚓鳴く［みみずなく］（秋）……174
麦［むぎ］（夏）……81
麦の秋［むぎのあき］（夏）……95
虫［むし］（秋）……155
虫干［むしぼし］（夏）……125
室咲［むろざき］（冬）……21
木犀［もくせい］（秋）……173
鵙の贄［もずのにえ］（秋）……163
桃の花［もものはな］（春）……46・67
桃の実［もものみ］（秋）……136・186
焼藷［やきいも］（冬）……211
やませ［やませ］（夏）……131
夕立［ゆうだち］（夏）……116
夕焼［ゆうやけ］（夏）……126
雪［ゆき］（冬）……12・14・22・195・212
雪解［ゆきどけ］（春）……38
行く秋［ゆくあき］（秋）……177
行く年［ゆくとし］（冬）……216
行く春［ゆくはる］（春）……73・77
湯ざめ［ゆざめ］（冬）……19
湯豆腐［ゆどうふ］（冬）……209
夜長［よなが］（秋）……143
夜なべ［よなべ］（秋）……182
落花［らっか］（春）……66
立夏［りっか］（夏）……79・90
立秋［りっしゅう］（秋）……134
立冬［りっとう］（冬）……188
流星［りゅうせい］（秋）……161
緑蔭［りょくいん］（夏）……84・97
レース［れーす］（夏）……88
檸檬［れもん］（秋）……169
六月［ろくがつ］（夏）……98
若鮎［わかあゆ］（春）……69
渡り鳥［わたりどり］（秋）……150
侘助［わびすけ］（冬）……18

無季……16・48・101・142・198

俳句作者索引

相子智恵〔あいこ・ちえ〕……53
相原左義長〔あいはら・さぎちょう〕……133
青柳志解樹〔あおやぎ・しげき〕……191
青山茂根〔あおやま・もね〕……204
秋尾敏〔あきお・びん〕……215
明隅礼子〔あけずみ・れいこ〕……121
淺井一志〔あさい・かずし〕……79
安里琉太〔あさと・りゅうた〕……121
朝吹英和〔あさぶき・ひでかず〕……168
あざ蓉子〔あざ・ようこ〕……113
阿部完市〔あべ・かんいち〕……103
雨宮きぬよ〔あめみや・きぬよ〕……143
飴山実〔あめやま・みのる〕……116
綾部仁喜〔あやべ・じんき〕……41
有澤榠樝〔ありさわ・かりん〕……194
有馬朗人〔ありま・あきと〕……81
安西篤〔あんざい・あつし〕……132
飯島晴子〔いいじま・はるこ〕……14
飯田晴〔いいだ・はれ〕……70
飯田龍太〔いいだ・りゅうた〕……32
五十嵐秀彦〔いがらし・ひでひこ〕……179
藺草慶子〔いぐさ・けいこ〕……217
池田澄子〔いけだ・すみこ〕……17
池田瑠那〔いけだ・るな〕……80
井越芳子〔いごし・よしこ〕……22
生駒大祐〔いこま・だいすけ〕……18
石寒太〔いし・かんた〕……70
石嶌岳〔いしじま・がく〕……208
石田勝彦〔いしだ・かつひこ〕……69
石田郷子〔いしだ・きょうこ〕……87
石牟礼道子〔いしむれ・みちこ〕……198
伊丹三樹彦〔いたみ・みきひこ〕……214
伊藤伊那男〔いとう・いなお〕……69
伊藤敬子〔いとう・けいこ〕……170
伊藤白潮〔いとう・はくちょう〕……194
伊藤通明〔いとう・みちあき〕……78
稲畑廣太郎〔いなはた・こうたろう〕……108
稲畑汀子〔いなはた・ていこ〕……52
いのうえかつこ〔いのうえ・かつこ〕……144
井上弘美〔いのうえ・ひろみ〕……15
井上康明〔いのうえ・やすあき〕……216
茨木和生〔いばらき・かずお〕……211
今井杏太郎〔いまい・きょうたろう〕……29
今井肖子〔いまい・しょうこ〕……193
今井聖〔いまい・せい〕……27
今井豊〔いまい・ゆたか〕……88
今瀬剛一〔いませ・ごういち〕……81
岩岡中正〔いわおか・なかまさ〕……216
岩城久治〔いわき・ひさじ〕……160
岩田由美〔いわた・ゆみ〕……73
岩淵喜代子〔いわぶち・きよこ〕……104

宇井十間〔うい・とげん〕……196
上田信治〔うえだ・しんじ〕……45
上田日差子〔うえだ・ひざし〕……35
上野一孝〔うえの・いっこう〕……140
宇佐美魚目〔うさみ・ぎょもく〕……7
宇多喜代子〔うだ・きよこ〕……115
内田美紗〔うちだ・みさ〕……171
浦川聡子〔うらかわ・さとこ〕……60
榎本好宏〔えのもと・よしひろ〕……19
遠藤由樹子〔えんどう・ゆきこ〕……20
遠藤若狭男〔えんどう・わかさお〕……34
大石悦子〔おおいし・えつこ〕……66
大石香代子〔おおいし・かよこ〕……169
大石雄鬼〔おおいし・ゆうき〕……118
大木あまり〔おおき・あまり〕……120
大串章〔おおぐし・あきら〕……28
太田うさぎ〔おおた・うさぎ〕……192
大高翔〔おおたか・しょう〕……37
大嶽青児〔おおたけ・せいじ〕……85
太田土男〔おおた・つちお〕……151
大谷弘至〔おおたに・ひろし〕……176
大塚凱〔おおつか・がい〕……211
大畑等〔おおはた・ひとし〕……96
大牧広〔おおまき・ひろし〕……34
大峯あきら〔おおみね・あきら〕……125
大屋達治〔おおや・たつはる〕……209
大輪靖宏〔おおわ・やすひろ〕……126
岡井省二〔おかい・しょうじ〕……51
岡田一実〔おかだ・かずみ〕……43
岡田由季〔おかだ・ゆき〕……125
岡本眸〔おかもと・ひとみ〕……98
小川軽舟〔おがわ・けいしゅう〕……99
小川双々子〔おがわ・そうそうし〕……12
小川楓子〔おがわ・ふうこ〕……189
奥坂まや〔おくざか・まや〕……114
小澤實〔おざわ・みのる〕……71
押野裕〔おしの・ひろし〕……173
越智友亮〔おち・ゆうすけ〕……207
小津夜景〔おづ・やけい〕……63
小野あらた〔おの・あらた〕……33
小野裕三〔おの・ゆうぞう〕……60
小原啄葉〔おばら・たくよう〕……13
恩田侑布子〔おんだ・ゆうこ〕……92
櫂未知子〔かい・みちこ〕……62
甲斐由起子〔かい・ゆきこ〕……137
柿本多映〔かきもと・たえ〕……102
鍵和田秞子〔かぎわだ・ゆうこ〕……8
角谷昌子〔かくたに・まさこ〕……106
加古宗也〔かこ・そうや〕……59
柏原眠雨〔かしわばら・みんう〕……149
片山由美子〔かたやま・ゆみこ〕……212
桂信子〔かつら・のぶこ〕……7
加藤郁乎〔かとう・いくや〕……150
加藤かな文〔かとう・かなぶん〕……172
加藤静夫〔かとう・しずお〕……182
加藤三七子〔かとう・みなこ〕……163
角川春樹〔かどかわ・はるき〕……168
金子敦〔かねこ・あつし〕……137
金子兜太〔かねこ・とうた〕……42
鎌倉佐弓〔かまくら・さゆみ〕……56

鎌田俊〔かまだ・しゅん〕……44
神蔵器〔かみくら・うつわ〕……65
河内静魚〔かわうち・せいぎょ〕……199
川口真理〔かわぐち・まり〕……108
川崎展宏〔かわさき・てんこう〕……11
菊田一平〔きくた・いっぺい〕……205
如月真菜〔きさらぎ・まな〕……90
岸本尚毅〔きしもと・なおき〕……28
北大路翼〔きたおおじ・つばさ〕……210
木田千女〔きだ・せんじょ〕……63
清崎敏郎〔きよさき・としお〕……95
金原まさ子〔きんばら・まさこ〕……49
草間時彦〔くさま・ときひこ〕……26
九堂夜想〔くどう・やそう〕……155
栗田やすし〔くりた・やすし〕……136
黒田杏子〔くろだ・ももこ〕……97
桑原三郎〔くわばら・さぶろう〕……32
小池康生〔こいけ・やすお〕……79
神野紗希〔こうの・さき〕……35
木暮陶句郎〔こぐれ・とうくろう〕……84
こしのゆみこ〔こしの・ゆみこ〕……72
小島健〔こじま・けん〕……107
五島高資〔ごとう・たかとし〕……118
後藤比奈夫〔ごとう・ひなお〕……176
小林貴子〔こばやし・たかこ〕……104
小檜山繁子〔こひやま・しげこ〕……88
駒木根淳子〔こまきね・じゅんこ〕……132
齋藤朝比古〔さいとう・あさひこ〕……102
斎藤夏風〔さいとう・かふう〕……77
齋藤愼爾〔さいとう・しんじ〕……204
齊藤美規〔さいとう・みき〕……84
酒井弘司〔さかい・こうじ〕……149
榮猿丸〔さかえ・さるまる〕……48
阪西敦子〔さかにし・あつこ〕……114
佐々木六戈〔ささき・ろくか〕……192
佐藤文香〔さとう・あやか〕……62
佐藤郁良〔さとう・いくら〕……83
佐藤鬼房〔さとう・おにふさ〕……17
佐藤智子〔さとう・ともこ〕……212
佐怒賀直美〔さぬか・なおみ〕……195
佐怒賀正美〔さぬか・まさみ〕……141
沢木欣一〔さわき・きんいち〕……82
澤好摩〔さわ・こうま〕……65
澤田和弥〔さわだ・かずや〕……177
塩野谷仁〔しおのや・じん〕……188
しなだしん〔しなだ・しん〕……143
篠崎央子〔しのざき・ひさこ〕……29
渋川京子〔しぶかわ・きょうこ〕……36
澁谷道〔しぶや・みち〕……105
島田牙城〔しまだ・がじょう〕……189
島谷征良〔しまたに・せいろう〕……197
嶋田麻紀〔しまだ・まき〕……131
清水哲男〔しみず・てつお〕……59
下坂速穂〔しもさか・すみほ〕……155
白濱一羊〔しらはま・いちよう〕……152
須賀一惠〔すが・かずえ〕……101
杉浦圭祐〔すぎうら・けいすけ〕……167
杉田菜穂〔すぎた・なほ〕……196
杉山久子〔すぎやま・ひさこ〕……51
鈴木明〔すずき・あきら〕……179

鈴木牛後［すずき・ぎゅうご］……27
鈴木節子［すずき・せつこ］……175
鈴木鷹夫［すずき・たかお］……61
鈴木真砂女［すずき・まさじょ］……9
鈴木六林男［すずき・むりお］……90
須藤徹［すどう・とおる］……16
須原和男［すはら・かずお］……138
関悦史［せき・えつし］……8
攝津幸彦［せっつ・ゆきひこ］……117
瀬戸正洋［せと・せいよう］……186
仙田洋子［せんだ・ようこ］……86
宗田安正［そうだ・やすまさ］……141
曾根毅［そね・つよし］……152
対中いずみ［たいなか・いずみ］……123
高岡修［たかおか・おさむ］……48
髙勢祥子［たかせ・さちこ］……206
髙田正子［たかだ・まさこ］……87
高野ムツオ［たかの・むつお］……46
高橋睦郎［たかはし・むつお］……197
鷹羽狩行［たかは・しゅぎょう］……16
高原耕治［たかはら・こうじ］……180
髙柳克弘［たかやなぎ・かつひろ］……103
高山れおな［たかやま・れおな］……174
田川飛旅子［たがわ・ひりょし］……89
瀧澤和治［たきざわ・かずはる］……156
竹岡一郎［たけおか・いちろう］……136
竹中宏［たけなか・ひろし］……78
田中亜美［たなか・あみ］……210
田中裕明［たなか・ひろあき］……99
谷口智行［たにぐち・ともゆき］……208
茅根知子［ちのね・ともこ］……52
千葉皓史［ちば・こうし］……120
津川絵理子［つがわ・えりこ］……217
津久井紀代［つくい・きよ］……158
柘植史子［つげ・ふみこ］……170
辻内京子［つじうち・きょうこ］……117
辻田克巳［つじた・かつみ］……43
対馬康子［つしま・やすこ］……12
辻美奈子［つじ・みなこ］……214
辻桃子［つじ・ももこ］……20
津髙里永子［つだか・りえこ］……195
津田清子［つだ・きよこ］……67
坪内稔典［つぼうち・ねんてん］……44
鶴岡加苗［つるおか・かなえ］……50
手塚美佐［てづか・みさ］……178
寺井谷子［てらい・たにこ］……123
照井翠［てるい・みどり］……46
土肥あき子［どい・あきこ］……150
ドゥーグル・J・リンズィー［どぅーぐる・じぇい・りんずぃー］……207
遠山陽子［とおやま・ようこ］……138
鴇田智哉［ときた・ともや］……205
徳田千鶴子［とくだ・ちづこ］……162
友岡子郷［ともおか・しきょう］……42
鳥居真里子［とりい・まりこ］……14
中岡毅雄［なかおか・たけお］……72
仲寒蟬［なか・かんせん］……64
中嶋鬼谷［なかじま・きこく］……131
中嶋憲武［なかじま・のりたけ］……134
中嶋秀子［なかじま・ひでこ］……31

永島靖子〔ながしま・やすこ〕……80
永末恵子〔ながすえ・けいこ〕……139
永瀬十悟〔ながせ・とおご〕……47
中田剛〔なかた・ごう〕……187
永田耕衣〔ながた・こうい〕……185
中田尚子〔なかた・なおこ〕……45
中西夕紀〔なかにし・ゆき〕……41
中原幸子〔なかはら・さちこ〕……126
中原道夫〔なかはら・みちお〕……203
長嶺千晶〔ながみね・ちあき〕……91
中村和弘〔なかむら・かずひろ〕……55
中村苑子〔なかむら・そのこ〕……71
中村堯子〔なかむら・たかこ〕……64
中村正幸〔なかむら・まさゆき〕……83
中村安伸〔なかむら・やすのぶ〕……33
夏井いつき〔なつい・いつき〕……13
夏石番矢〔なついし・ばんや〕……153
名取里美〔なとり・さとみ〕……109
行方克巳〔なめかた・かつみ〕……190
成田千空〔なりた・せんくう〕……171
鳴戸奈菜〔なると・なな〕……38
西宮舞〔にしみや・まい〕……146
西村和子〔にしむら・かずこ〕……30
西村麒麟〔にしむら・きりん〕……25
西山睦〔にしやま・むつみ〕……199
西山ゆりこ〔にしやま・ゆりこ〕……206
仁平勝〔にひら・まさる〕……91
抜井諒一〔ぬくい・りょういち〕……100
野口る理〔のぐち・るり〕……31
野中亮介〔のなか・りょうすけ〕……30
能村研三〔のむら・けんぞう〕……172
能村登四郎〔のむら・としろう〕……215
橋閒石〔はし・かんせき〕……89
橋本榮治〔はしもと・えいじ〕……154
橋本直〔はしもと・すなお〕……190
橋本喜夫〔はしもと・よしお〕……21
長谷川櫂〔はせがわ・かい〕……67
波多野爽波〔はたの・そうは〕……119
秦夕美〔はた・ゆみ〕……178
八田木枯〔はった・こがらし〕……135
花谷清〔はなたに・きよし〕……134
馬場駿吉〔ばば・しゅんきち〕……185
林桂〔はやし・けい〕……124
林翔〔はやし・しょう〕……37
林誠司〔はやし・せいじ〕……157
林徹〔はやし・てつ〕……124
原雅子〔はら・まさこ〕……154
日下野由季〔ひがの・ゆき〕……26
日原傳〔ひはら・つたえ〕……54
廣瀬直人〔ひろせ・なおと〕……68
広渡敬雄〔ひろわたり・たかお〕……106
深見けん二〔ふかみ・けんじ〕……107
福田甲子雄〔ふくだ・きねお〕……19
福田若之〔ふくだ・わかゆき〕……49
ふけとしこ〔ふけ・としこ〕……153
藤井あかり〔ふじい・あかり〕……53
藤田あけ烏〔ふじた・あけがらす〕……213
藤田哲史〔ふじた・さとし〕……18
藤田湘子〔ふじた・しょうし〕……209
藤田直子〔ふじた・なおこ〕……175

藤本安騎生〔ふじもと・あきお〕……9
藤本美和子〔ふじもと・みわこ〕……109
藤本夕衣〔ふじもと・ゆい〕……68
文挾夫佐恵〔ふばさみ・ふさえ〕……98
古舘曹人〔ふるたち・そうじん〕……187
坊城俊樹〔ぼうじょう・としき〕……122
星野高士〔ほしの・たかし〕……10
星野椿〔ほしの・つばき〕……122
星野麥丘人〔ほしの・ばくきゅうじん〕……100
細谷喨々〔ほそや・りょうりょう〕……140
堀田季何〔ほった・きか〕……169
堀口星眠〔ほりぐち・せいみん〕……85
堀本裕樹〔ほりもと・ゆうき〕……135
正木浩一〔まさき・こういち〕……25
正木ゆう子〔まさき・ゆうこ〕……36
増成栗人〔ますなり・くりと〕……157
松尾隆信〔まつお・たかのぶ〕……119
松野苑子〔まつの・そのこ〕……181
松本てふこ〔まつもと・てふこ〕……66
眞鍋呉夫〔まなべ・くれお〕……156
マブソン青眼〔まぶそん・せいがん〕……161
黛執〔まゆずみ・しゅう〕……61
黛まどか〔まゆずみ・まどか〕……86
彌榮浩樹〔みえ・こうき〕……139
水野真由美〔みずの・まゆみ〕……203
満田春日〔みつだ・はるひ〕……158
三橋敏雄〔みつはし・としお〕……101
南うみを〔みなみ・うみお〕……162
三村純也〔みむら・じゅんや〕……82
三宅やよい〔みやけ・やよい〕……186
宮坂静生〔みやさか・しずお〕……188
宮崎斗士〔みやざき・とし〕……198
宮津昭彦〔みやづ・あきひこ〕……128
宮本佳世乃〔みやもと・かよの〕……113
武藤紀子〔むとう・のりこ〕……97
村上喜代子〔むらかみ・きよこ〕……161
村上鞆彦〔むらかみ・ともひこ〕……145
村越化石〔むらこし・かせき〕……54
望月周〔もちづき・しゅう〕……11
本井英〔もとい・えい〕……159
本宮哲郎〔もとみや・てつろう〕……96
森潮〔もり・うしお〕……177
森賀まり〔もりが・まり〕……133
森澄雄〔もり・すみお〕……151
守屋明俊〔もりや・あきとし〕……191
柳生正名〔やぎゅう・まさな〕……95
矢島渚男〔やじま・なぎさお〕……21
安井浩司〔やすい・こうじ〕……127
矢野玲奈〔やの・れいな〕……182
山尾玉藻〔やまお・たまも〕……50
山上樹実雄〔やまがみ・きみお〕……160
山口昭男〔やまぐち・あきお〕……116
山口優夢〔やまぐち・ゆうむ〕……38
山﨑十生〔やまざき・じゅっせい〕……115
山崎祐子〔やまざき・ゆうこ〕……167
山下知津子〔やました・ちづこ〕……163
山田径子〔やまだ・けいこ〕……193
山田耕司〔やまだ・こうじ〕……142
山田弘子〔やまだ・ひろこ〕……218
山田真砂年〔やまだ・まさとし〕……181

山田みづえ［やまだ・みづえ］……55
山田佳乃［やまだ・よしの］……144
山田露結［やまだ・ろけつ］……213
山西雅子［やまにし・まさこ］……127
山根真矢［やまね・まや］……10
山本洋子［やまもと・ようこ］……77
陽美保子［よう・みほこ］……105
四ッ谷龍［よつや・りゅう］……145
蓬田紀枝子［よもぎだ・きえこ］……159
依光陽子［よりみつ・ようこ］……174
若井新一［わかい・しんいち］……73
鷲谷七菜子［わしたに・ななこ］……142
和田悟朗［わだ・ごろう］……15
渡辺和弘［わたなべ・かずひろ］……173
渡辺誠一郎［わたなべ・せいいちろう］……47

著者略歴

田島健一（たじま・けんいち）

1973年東京都生まれ。俳誌「炎環」同人
同人誌「豆の木」「オルガン」参加
句集『ただならぬぽ』

発　行　二〇二五年一月一七日　初版発行
著　者　田島健一 © 2025 Kenichi Tajima
発行人　山岡喜美子
発行所　ふらんす堂
〒182-0002東京都調布市仙川町一―一五―三八―2F
TEL（〇三）三三二六―九〇六一　FAX（〇三）三三二六―六九一九

平成の一句　365日入門シリーズ

URL https://furansudo.com/　E-mail info@furansudo.com
装　丁　君嶋真理子
印　刷　三修紙工㈱
製　本　三修紙工㈱
定　価＝本体一八〇〇円＋税
ISBN978-4-7814-1719-6 C0095 ¥1800E

365日入門シリーズ **好評既刊**

新書判ソフトカバー装　本体1714円（税別）

①食《しょく》の一句　櫂 未知子

美味しい俳句が満載「食べる」というごく日常的な行為がそのまま詩となる、そんな文芸は滅多にあるものではない。（著者）食関連用語・俳句作者索引付　※

②万太郎の一句　小澤 實

久保田万太郎の俳句ファン必読の一書　万太郎は旧作に多く改作を施しているが、改作の過程を明らかにし、その意図を推察するように努めた。（著者）　※ⓟ

③色《いろ》の一句　片山由美子

色とりどりの輝きを発するアンソロジー　俳人の代表作として知られたものではない句に新たな魅力を発見できたのは嬉しいことでした。（著者）俳句作者索引付　※

④芭蕉の一句　髙柳克弘

詩情の開拓者、芭蕉に迫る！　芭蕉の開拓した詩情は、時代や価値観の枠を越え、人の心の深いところにまで届き、感動を与える。（著者）

⑤子どもの一句　髙田正子

三六六句に子どもの顔がある。　古典として評価の定まった句だけでなく、刊行されたばかりの句集からも引用しています。（著者）俳句作者索引付

⑥花の一句　山西雅子

花のいのちの輝きに迫る。　俳句には季語がありますが、それは俳句が時への覚悟を内蔵しているということなのだと私は思っています。（著者）俳句作者索引付　※

⑦素十の一句　日原 傳

俳句の道はたゞこれ写生。これたゞ写生。客観写生の道をひたに歩んだその一途な姿勢によって、素十の俳句は近代俳句の一つの典型を示したと言えよう。（著者）　※

⑧鳥獣の一句　奥坂まや

生きとし生ける物みな平等の世界。　地球という星に溢れている、かくも多彩な命の在りようを目にするたび、心がふるえました。（著者）俳句作者索引付

⑨綾子の一句　岩田由美

当たり前の景色の中の思わぬ出会い　自分の思いや記憶と季語を同等に並べ置いて、十分に読者の共感を得られる句ができてしまう。綾子マジックだ。（著者）

⑩蕉門の一句　髙柳克弘

終わりのない闇に対する　作品は、作り手にとっては、終わりのない闇です。どこまでいっても、完成というものがありません。（著者）俳句作者索引付

各巻季語索引付　ⓟ＝プリントオンデマンド対応　※＝品切